誘拐

本田靖春

[日]本田靖春 著　　　王新 译

诱拐

上海译文出版社

目　录

一　发端 / 001

二　发展 / 063

三　侦查 / 101

四　不在场证明 / 171

五　招供 / 205

六　遗书 / 233

参考文献 / 255

文库版后记 / 256

一

发 端

1

公园南端，有一棵初长成的银杏树。树的下部被几张长凳环绕，其中向南的一张，不知何时起，成了里方虎吉的专座。

虎吉与年迈的妻子生活在一起，于他而言，没有比在银杏树下晒太阳更好的去处。他将这公园当作自己的家，就连上厕所，也一趟趟往公园里的公厕去。

那天傍晚，虎吉坐在那张长凳上，抽着烟。仅 10 米开外的马路对面，有一栋面宽近 3 米的房子，既是店，也是家，看上去主人会在此终老。

从地铁日比谷线的入谷站到这里，虎吉要足足走上 10 分钟。这样一家僻静的小鞋店，且不说买鞋，就连修鞋的客人也不常见。尽管如此，虎吉依旧习惯性地保持看店的姿势。

一名男子出现。虎吉一闪念，以为是客人，但他径直走进公园，在虎吉前面改变方向，往人造小山方向去了。

花甲之后，虎吉的记忆力大不如前。然而，男子的相貌他却记得很清楚。因为男子走路颇有特点，虎吉一直盯着他看。

据负责走访的侦查员拟定的人员名单，1963 年 3 月 31

日的这个星期天，傍晚 5 点到 6 点，进入东京都台东区入谷南公园的人，除开学龄前儿童，共有 39 人。

不知为何，比任何人都频繁进出公园的虎吉老人，他的名字却并未出现在名单上。这一疏漏，对于总体上跌跌撞撞的侦查工作而言，是一个巨大的暗示。

在这一带沿街叫卖荞麦面的小贩米津穗丰，很快成为侦查员走访的对象。那天下午 5 点左右，他坐在公园西面的长凳上，对自己说，时候不早，该去荒川区南千住五丁目的老板那里接面摊子了。

他不动身的理由，除了懒洋洋的春光，还有躺在旁边凳子上一动不动的 30 岁男子。据侦查员调查，该男子叫野吕武志，住在入谷町的公寓里。

他本在墨田区押上二丁目的塑料加工厂工作，因厌倦单调的模具加工，已向老板提出 3 月底辞职，也就是刚刚失业。他躺在凳子上盘算自己的下一份工作，自然没注意到，自己的躺姿影响了米津的工作热情。

铃木章平家住台东区根岸町，每天，他都拉着摊子来到公园东口。他卖的东西多种多样，有糖果、杂粮点心，还有关东煮、炒荞麦面、大阪烧。因此，他必须提高小摊子的使用效率，即便一个小小的铁板，他也必须操作得相当娴熟才行。

不过，由于他的顾客主要是来公园的孩子们，晚饭时间将至，他并无生意可做。

5 点到 5 点半，铃木在靠近东口的长凳休息，旁边的长凳坐着三个人，看上去是土木工人，但他们的身份最终未能确认。

铃木去上厕所时，还看到一个人。那人坐在厕所附近的凳子上，30 岁左右，只有一只手。不过，当刑警问铃木，男子缺失的是哪只手，铃木答不上来。该男子的身份同样未能确认。

5 点半左右，一辆车停在公园北侧的马路边。那是一辆尼桑公爵。通过车牌，确认车主是在台东区三筋町经营医疗器械销售公司的田中浩司。

他停车，是因为两个儿子要上厕所。他向侦查员提到，他站在厕所旁眺望人造小山时，看见一名穿着脏兮兮的防尘衣、30 至 40 岁左右的男子。该男子的身份也未能查明。

回到公爵车内，田中还透过挡风玻璃，看到前方的公用电话亭里，有一对男女。

据查，他俩刚登记结婚，家住该区千束二丁目的公寓。当时，二人正一起向彼此的家人、朋友报告蜜月旅行的事。

同一时间，家住墨田区向岛四丁目的千叶叶子正一边带着长女咲子在公园散步，一边等着开出租车的丈夫从丸石家具店过来。

咲子下个月升小学，叶子的丈夫趁今天不上班，来选购学习桌。他让母女二人先去公园，自己留下来付钱。

事后，叶子在向警方的报告中，谈到了两名男子。

一人 60 岁上下，头戴登山帽，身着卡其色制服，手持竹笤帚。另一人 35 岁上下，着黑色西服，肩宽，胸厚。

5 点 45 分，台东区龙泉町的白领福崎文雄带着快 3 岁的长子晃来玩滑滑梯，玩了 1 个小时。他向警方提起两名站在砖台附近的男子，说他们看上去不像是好人。

可是，他并没有仔细观察那二人。因为儿子特别想坐的秋千一直被一对情侣占据着，他竭力哄着吵闹的儿子，无暇顾及另一边。

那对情侣在入谷一丁目的荞麦面店工作，一人 23 岁，一人20岁。他们提及一名坐在北侧长凳上的男子。那人看上去50出头，着夹克衫，尽管是晴天，却穿着橡胶短靴。那对情侣在刑事专家面前作了一番推理，指出该男子肯定从事与水相关的买卖，比如卖鱼，或者经营餐饮店。

5点左右，地元大正小学五年级学生悦子在公园西口，显得有些焦躁。母亲约她一同购物，却在梳妆镜前磨蹭，悦子不耐烦，先从家里跑了出来。

她穿过公园时，看了眼在电视台前长凳上躺着睡觉的男子。因为盖在男子脸上的毛巾快要掉下来了。男子把一件满是污垢的雨衣盖在身上，当作被子。

如果悦子的人生阅历再翻一番，那她应该会知道有种生活的失败叫做"抛弃家庭"，而这正是这个男人只能在长凳上补觉的间接原因。

在制造业、批发商鳞次栉比的平民区的稠密区域，入谷南公园能获得一块空间实属不易。它的绿色，抢救了周遭干燥的景色，使其免于彻底干涸。

说到绿色，上野山上的樱花距离盛开还需些时日，新绿尚早。人们刚享受两天祥和的晴日，却又遭遇寒意的来袭，仿佛置身模糊的季节交替的峡谷里。

这一时期，可以说社会也处于一个变化的节点。得益于经济高速增长政策，企业蒸蒸日上，依附于企业的都市人口也逐渐享受到红利。他们的春天来了。

"战后"时代被迅速遗忘，带着给新旧时代划一条清晰界限的意味，官民合力申办成功的东京奥运会，即将于次年（1964年）10月10日开幕。

另一方面，被工业优先的潮流所抛弃的农村人口，开始对土地的产出失去信心，转而向都市聚集，成为最底层的劳动力。舍不得完全放弃田地的农民,将季节性务工作为增收的手段。

坐落于神宫外苑的主体育场已初现轮廓,以它为代表的奥运工程皆出自农民工们的肩挑背扛。

距入谷直线距离1公里的山谷①的简易旅馆街,是他们的主要生活区,在这里,烟要抽"和平",啤酒替代了烧酒,洋溢着所谓奥运经济的气息。

不过,在他们留守家乡的妻子眼中,冬天尚未过去。

倘若把一个人的人生轨迹比作一条线,那在平民区小公园的1小时里交织出的世间相,自然也呈现出时代的色泽。

梅泽照代带着次子菊雄出发去往言问桥对岸的金美馆街,是在那天下午5点左右。在常去的一家服装店,她给即将升入三年级的菊雄选了一件适合春季的衬衣。

二人并没花费太多时间,旋即折返。路过公园东北角,菊雄独自跑向人造小山方向。也许是想在晚饭前,再出去玩会儿。

虽说是"出去玩会儿",但他们家就与里方鞋店并排,只需打开二楼的窗户唤一声,公园里的菊雄便能听到。

1947年,照代和万之助在此地安家。万之助从拉包尔复员后,先在下谷神社旁的父母家里,帮着大哥从事照明器具制造。因为结婚,便买了现在的房子,自立门户,经营起了"梅泽电气商会"。

在新宿西边长大的照代并非不知空袭,但在很长一段时间,她都无法适应新家附近的,大火后留下的废墟。在

---

① 指东京的山谷地区,位于浅草寺北侧,距吉原不远。战后经济发展时期,这里是日薪劳动者的聚集地;1991年日本泡沫经济破灭后,无家可归者聚居于此,山谷成了著名的贫民窟。[本书脚注皆为译注]

他们家的周遭，除了背后的秋叶神社，能算得上房子的，仅有四户人家。

出门往东，穿过合羽桥的大道，再往前走约700米，便是浅草国际剧场。夜晚，它的灯光能给照代一丝抚慰，因为，只有那里才是她的邻居。

毫不夸张地说，四下全是火灾后留下的荒野，唯一的例外是她家北侧的一方土地。那里是空袭时防止大火蔓延而进行强制疏散的旧址，看上去跟周围的荒野别无二致，唯一的区别是，地面上堆满了灾后清理出的瓦砾。

瓦砾北侧，住着村越与、村越杉夫妇。他们从疏散地与野搬来，比照代他们稍晚。关于在此地建房一事，他们向政府立了字据，若日后遇到拆迁，便可应对。

彼时，村越家的孩子尚未成婚，长男繁雄正跟着父亲学木工。

在杉的记忆里，那些散落于废墟中的数量众多的保险箱，令她印象深刻。平民区遭受燃烧弹炙烤的日子，唯一能剩下的，便是各个家中这些铁制的箱子。硝烟散去，它们仿佛在告诉那些尚不多的后来人，灰烬背后曾有过一个个生活的单元。

这样想来，那些点缀在焦土中的保险箱的残骸，便有点公墓里墓碑的意思。

不过，杉的感受只是就事论事。

"真没想到，竟然有这么多保险箱！"

也并非所有的后来人都有遮风避雨的地方。有的人住在瓦砾堆里，用美军投放物资的空罐子煮饭。后来，瓦砾堆被清理，那片空地改建成运动场，沉重的"战后"阴影才开始散去。

不过，对于台东区的改建，居民们并不欢喜。一方面，家里的沙尘永远扫不干净；另一方面，旧金山海豹队在日本刮起的棒球热，害他们不得不一趟趟往玻璃店跑。

尤其是饱受沙尘折磨的居民们，在市川印刷店的带领下，发起了署名运动。权利意识的萌芽也就意味着，那个倡导艰苦朴素的年代开始逐渐瓦解。

1959年，村越家长孙出生的第二年，在包括当地民意等各种因素影响下，运动场被改建成了公园。

对于在一片废墟中偶然选择在此地定居的人们而言，能与公园为邻，自然喜出望外。最高兴的当属里方虎吉，而不管对于梅泽家还是村越家，却无幸运可言。

有一个修养团体，叫"伦理研究会"。村越丰子经不住一名主妇的反复劝说，无奈答应参加在下谷小学召开的一次集会。

会议正好是3月31日。一早起来，她便心生悔意。这名高中毕业后两年结婚的27岁的年轻太太与周遭的主妇不同，每日过得颇为忙碌。家中六口人，夫妇二人、子女二人以及丈夫的父母二人；另有9名工人，6名常住家中，3名通勤。这些人都需要招呼照料。

作为一家土木工程公司，白天，全员大多在工地。这期间的各种琐碎联络，则成了丰子的工作。而且，当天，他们还要接纳一名新人入住，的确不是搞"伦理研究"的好日子。

不过，毕竟已经应承下来，也不好不去。丰子帮吉展和美子换好衣服——她打算带着两个孩子同去——不过，她并不知道，换衣服这个举动在数小时之后会招来何种后果。于她而言，这只是一个普通的、忙乱的下午。

临出发前，丰子发现原本一直在身边的吉展不见了。

"小吉,走了哟!"

婆婆杉听闻,对丰子说:"你们去吧,那孩子交给我。"

吉展是长孙。即便没有这层原因,见儿媳整天忙得团团转,杉也经常帮她,带吉展的时间不算少。于是,丰子带着快2岁的美子出了门。草草应付完演讲会,回到家中大约下午4点半前后。

那时,吉展正和邻居家的茂在楼下玩,把东西搞得一片狼藉。丰子瞥了一眼便上二楼打扫卫生去了。家里要入住新人,这次扫除,她比平时要认真许多。

即将搬来的,是杉的侄女荣子,她春季从千叶县的高中毕业,入职千叶银行的东京秋叶原支行,为方便通勤寄宿在村越家。

次日(4月1日),荣子将在杉的陪同下参加入社仪式。她与丰子前后脚出门,去理发店告别了小辫子,一副大人模样回到家里。

"哎呀!真漂亮,这个发型好!"

丰子一边夸赞,一边开始擦拭楼梯。见表哥的爱人正忙,荣子将美子带到公园去玩沙。

丰子提着水桶准备出去倒水时,撞见手和脸都脏兮兮的吉展,便带他到浴室擦洗。

"妈,我可以跟小茂去公园玩吗?"

丰子本要阻止,但想到荣子在公园,而且天色尚早,转念又同意了。

大约30分钟后,荣子带着美子回来。

"小吉呢?"

丰子正在厨房,一边准备晚饭,一边把红豆泡进水里。她打算做红豆年糕汤,庆祝明天荣子踏入职场。

"我们一直在沙池,倒是没见着他呢。"

丰子听了，用围裙擦了擦手上的水，看表，快要 6 点了。

同一时间，准备上个厕所就回家的菊雄，在厕所前的饮水台见到了吉展。吉展还差半个月满 5 岁，比起同龄人，他的个子偏小，身高刚到 1 米。

吉展正举着一个与他的小个子不相称的大水枪，想用水罐接住自下往上喷出的水，好像总是接不好的样子。

"接水的话，这里更好哦。"

显然，年长 4 岁的菊雄更有办法，他把吉展带到了厕所里的洗手池。水龙头出来的水，很快便把水枪灌满了。

不过，不管菊雄怎么扣动扳机，枪口就是射不出水来。这把长达 60 厘米的水枪是进口货，美国造，去年年末一位附近的主妇送的。

"这个已经坏了，有些拿不出手。不过，我们家孩子已经大了，不介意的话，给小吉玩吧。"

主妇赠枪时所作的澄清，菊雄自然是不知道的。丰子当时也没在意，连它是需要装水的玩具都不清楚，随手接过，放在了一边。

这是吉展第一次把它从玩具箱中翻出来，拿到外面玩。菊雄看出水枪是坏的，把它还给吉展，准备出厕所。

这时，身后传来一名男子的声音。他问吉展道：

"小朋友，干嘛呢？"

2

4天前的3月27日,小原保乘坐9点多从上野站出发的慢行列车,前往家乡福岛县石川郡石川町。最近的火车站是国铁水郡线上的磐城石川,如果坐常磐线,则要在柴油列车里忍受从水户开始的约3小时20分钟的颠簸。

石川位于阿武隈山系形成的丘陵地带,全域多起伏。唯一平坦的地方,只有阿武隈川与社川之间,那一带也是原先的石川町之所在。1955年,周边山区的5个村合并进来,形成现在2.2万人的石川町。

根据次年进行的调查,全町土地面积8816町步[①],其中山林占接近63%,水田和旱田仅占15.1%和18.5%。这样的地形,再加上下面的这组数字,便能想象人们的日子是怎样的光景。

据统计,农业人口16361人(2333户),1反步以上、不足3反步的有163户,不足5反步的有238户,不足1町步的有759户,也就是一半的农户耕种面积不足1町步。粗略讲,全职务农家庭,生产规模应在2町步以上才足以糊口。

过去,人们曾用"五反百姓"来形容贫农。不管过去还是现在,这里的农民过的大抵就是"五反百姓"的日子。

占据町中六成以上面积的山林，绝大部分是落叶栎、山樱、盐肤木等杂木林，很少见到杉树、日本扁柏等漂亮的林木。

早些年，这里的人们曾靠着伐薪烧炭勉强维持生计，但在被石油取代之后，大山能带来的收入，只能是砍伐栎树卖给种香菇的人。可是，一根原木70日元的价格，还抵不了把它们搬到路边的工钱。

石川的山林再多，也帮衬不了人们的生计。因此，外出务工同样成为这里的人挣钱的最佳选择。

石川町中心有一条中央商店街，位于火车站东北方向约1公里。它与"繁华"无缘，只是极其普通的街道。它背后是北须川和沿河左岸延伸的须贺川街。这条街在北方约3公里处与河流分道扬镳，穿过一座立在小桥上的拱门，拱门上书："母畑温泉乡"。

所谓"温泉乡"，大小旅馆加一起仅6家。虽然号称观光旅馆，也许是游客业务不足以保本，后方还设有"温泉疗养部"②。

温泉疗养部就是一条走廊和两侧等分切割的小房间，走廊尽头设有公用厨房，构造让人想起上个时代城市里的公寓。作为温泉疗养场所，客人最看重的也许就是便宜。

早上6点，一身务农打扮的女子会出现，向自己做饭的客人售卖货品。客人也是农民，来自福岛县南部至关东的北部区域，带有浓郁乡土气息的民谣，在富含镭元素的温泉的水蒸气中摇曳。

町政府宣传此地是"隐秘的东北魅力"。这个温泉的确历史悠久，据地方史学家称，"母畑"得名，可追溯到平安

---

① 1町步 = 10反步 = 9917.4平方米。
② 温泉疗养部住的多为常住客人。

末期。

永承六年（1051年），雄踞陆奥的豪族安倍赖时叛乱。源赖义与其子义家率兵赴奥州镇压。这就是"前九年之役"。

彼时，义家率河内国石川郡石川庄多田满仲的曾孙源（石川）有光，在今母畑一带作战，他的坐骑因腿伤在山谷中避敌。数日后，发现马的伤口竟已痊愈，原来是马蹄踏入石缝中涌出的泉水所致。

闻讯，义家惊叹，"神奇之至，此乃山神显灵助我！"遂将自己的母衣与旗帜献于泉边，以祭山神。所谓母衣，是一个袋状物，穿在铠甲背部防止箭伤。之后，此地被称作"母衣旗"。后世讹化，不知何时起，"母衣旗"便成了"母畑"。

平乱成功之后自然会论功行赏。据史料记载，康平六年（1063年），此地被封与有光，直到第25代昭光，石川氏掌管横跨仙道七郡之领地528年。

不过，因这个故事的主角并非掌权者本人，故"母畑"的得名少有人提及。

保生于1933年1月，是家中第10个孩子。彼时，父亲末八52岁，母亲丰42岁。三儿、三女和五女已去世，保作为第5个儿子，有3个哥哥和3个姐姐。两年后，添了一个弟弟。

他们的老家位于石川郡旧母畑村一个叫法昌段的小村落，前往那里，须从母畑温泉沿须贺川街再往北走2公里，在与邻村玉川村的交界处往东上山。那里有一条2公里长的小路，可通往山背后的县道。这条小路藏于大自然之中，至今仍有松鼠频繁出没。路旁散布有人家，南侧4家，北侧3家。这些加在一起便是法昌段，严格意义上，也许它并称不上是一个村落。

相传，此地本叫法昌坊，是僧人的修行地，留有一段传说。

寒冷的冬夜，法昌坊起火，年轻的僧人眼看要被大火吞灭。他将身旁的水桶举起，从头把自己浇透后冲出大火。不过，因为过于寒冷，他化身成一尊地藏菩萨。

这尊地藏菩萨立于保的老家后山。年幼时，保每次从地藏前经过，都赶忙把双手收进怀里，因为他听说，碰了地藏菩萨会得感冒。

小原家蹲坐于陡坡上一块巴掌大的地方，屋顶沉入小路的南侧。小路北侧耸立的后山，眼看要将这户人家压垮似的。这幅光景，让人联想到负重的搬运工，想要站起身却最终被压得蹲了下去。

建于陡坡之上，想必开阔的视野这个好处该是占的。不过，从前院望出去，东西两侧的山麓相围，像是用双手捂住了眼。

从上方俯瞰，水田呈快要合拢的扇形，且逐级下沉。每一块都极小，找不出一块完整的长方形。

开垦者们没料想，受制于地形，自己竟成了复杂造型的设计者。不过，想必他们是无暇咀嚼这些乐趣的。

小原家来到法昌段，始于保的祖父安三郎那一代。他生于旧须釜村（现石川郡玉川村）一户农家。成年后，因无地可种，便来到法昌段开垦荒地。

大山之中，到处是类似的小村落。长久以来，农户的二儿子、三儿子挺进深山，已成惯例。

一块块水田因太狭窄，无法使用机械，效率低下。日照时间短，灌溉水温度不够，容易遭受冻害。诸多不利因素叠加，大山深处的人们饱受贫穷之苦。

在石川的街上，流传这样一句话：

"山谷、坡地不养狗。"

这话所针对的小村落，位于石川往磐城方向约10公里处，也是大山之中。在那里，狗是供食用的，养不起。因此，那里的人也颇不受街上的人待见。

把雷管包在肉里做成陷阱，抑或在切成圆片的萝卜周围埋满剃刀片，再把它浸入牛奶中。这些捕狗的办法，在那些并未亲眼见过的人中口口相传，形容得十分恐怖，久而久之也便成了事实。

对于町政府的人而言，那些并非接受分配而自行进入大山，在恶劣条件下生活的人们，以及他们的子孙，或许是不受欢迎的存在，他们甚至不被接纳为本地区社会的一员。提到他们时的口气，像在谈另一种人类。

将身边的某些人排斥在外，维护一个自己的小圈子，古时为政者曾如此教唆百姓。由此，人们的封闭性、排他性受到助长，就像无法摆脱毒瘾的患者，无法摆脱背地非议他人的快乐，尽管这种非议其实也是在贬低自己。

"不要把农民想简单了。忍耐的另一面就是残忍、凶残，他们至今都把别人的失败当作好事，把别人的死当作自己的幸事，是彻头彻尾的利己主义者。"

"老百姓是半点小便宜都要占的。田埂两边，自顾自多挖一些，把田埂都搞窄了。"

这些是生长在街镇的教育人士对于农民性格的定性，他们还指出母畑的特殊性。

"那地方，一年只穿三次木屐。种不出像样的作物，细长的黏土质的土地，一下雨就到处是泥，全年都得穿长靴。

想必当地人也跟它的土地一样。"

据法昌段一位老人讲，安三郎传给末八的耕地是这个样子。

"家门前两三块地，离县道 50 米的地方有一块。小木屋入口有两块。他自己的水田大概 5 亩①吧，另外，佃别人的大概 2 反地吧。也有旱田，那个不太清楚，估摸 7 反左右吧。"

从保记事起，末八就拉马车挣运费。主要往石川的街镇以及须贺川跑。

当时，石川一带通过须贺川街与这个小城市联系紧密。法昌段的人们经常起个大早往须贺川赶，轻松往返 8 里②地，当天回来。来去都是走路。

"除了村长大人的孩子，谁都没自行车。再有就是邮递员。除了走路没别的法子。"

那样的时代，街道上没有公共汽车。不过即便是现在，这里的人们依然像生活在过去一般，从磐城石川站步行七八公里回家。

站前的公交车时刻表，发往须贺川的末班车是 5 点半，发往郡山的是 6 点半，收得格外早。7 点之后，可以说，你在须贺川街上见不到汽车。人们并不有劳出租车，而是在幽暗的道路上默默行走。他们身上呈现的，似乎与节俭的美德没有关系，而是过日子的办法。

到了上学的年纪，保并没有就读当地的母畑小学，而是去了邻村玉川村的须釜小学。小原家是须釜出身，这是他家一直以来的做法。从这里可窥见他家难以割舍的地缘、

---

① 日本 1 亩 = 0.1 反（步）= 99.17 平方米。
② 日本 1 里约 4 公里。

血缘的意识。

通往须釜小学，单程接近3公里，小孩要走1小时。要是再来场雨，山路泥泞，更不好走。上学路很是不易。

在保三年级班主任绿川程造的记忆里，这里的烂泥路之难走，可排得上日本第二。梅雨时节，连街道上的泥都可以埋至膝盖以下。

小孩穿的都是稻草鞋。做鞋是冬季里父亲的工作，他会编好全家人一年所需的鞋子。一开始下雨，小孩子们会把父亲做的稻草鞋脱下，抱在怀里，赤脚跑。

只有条件非常好的孩子才穿西式的衣服，一般都是穿肩部带褶子的儿童和服①，裤子则是有的穿，有的不穿。所谓双肩背包，没人见过。所有孩子都打包袱，斜挎在肩上。

绿川只当了一年教师便调任福岛县政府，不过，一年的教师生涯令他难以忘怀。一至三年级，每个年级分为早生②和晚生两个班，他负责的是三年级的早生班。

那是个普遍营养不良的时代。他班里的孩子，体格明显比晚生班弱很多。不管干什么都觉着小。要是挨了批评，他们会把脸藏到书本后，挠挠头。绿川觉得，这些幼稚的小家伙"可爱极了"。放学后，打扫完卫生，在把桌子从角落搬回原位前，绿川会躺地上摆出"大"字，等着孩子们跳上来。他觉得自己已经离不开他们。

当时，绿川18岁，刚从学法石川中学毕业。因为升学考试失败，他打算先当一年代课老师，然后再次参试。

回首往事，与孩子们朝夕相处的时光弥足珍贵。绿川此后再没体会过那种无需语言却心心相通的感受。回想起

---

① 带褶子便于改大。
② 日本新学期4月1日开始，4月1日前出生的孩子比当年其他孩子早一年上学，称为"早生"。

当年的学生,比如保,还是一副穿着农村防寒裤(绳子扎紧裤腿)的样子。"他并不是个淘气的孩子,老老实实的,很单纯。"

当年12月,日本发动太平洋战争。即便日本东北的穷村子,也同样被战争阴云所笼罩。

在绿川放下教鞭的同时,森清重开始了小学生活。在他的记忆中,战争的影响无处不在。

一、二年级时,尚有装订好的教科书,里面有插画。到了三年级,所谓教科书,只是几张印有很小铅字的粗劣的再生纸,发下来后,得自己把它们缝在一起。

带到学校的便当,以麦、薯类居多,菜只有梅干、腌白菜、味噌萝卜。煎鸡蛋属于最高级的。

孩子们常常被撺到山里搬运木炭、木柴,称之为"勤劳奉献"。作为班里个头最大的孩子,森不得不咬紧牙关,扛上两包。为了响应增产的号召,学校的院子以及上学路的边上也种上了豆类、薯类。

1945年的新学期,森所在的4年1班得到了两双配给的鞋。然而,其中一双是一顺边,另一双码数又不同,都很糟糕。尽管如此,抽签时,孩子们都铆足了劲儿。森说,从那天起,他开始期待春天的郊游。因为,他抽中了一长一短那一双。

当天,穿着小码鞋的那只脚就起了血泡。尽管如此,森一整天都情绪高涨,回味着自己的好运气。因为,有帆布鞋穿的,仅他一人。

有人抽中幸运,也有人抽中不幸。虽然,现在谈及保在如此贫瘠的小学生活中所遭遇的不幸,并不能改变什么,但倘若从"改变"的角度来看问题,那保的改变,应该发生在小学四年级。

YUKAI 019

3

事情发端于小小的"皲裂"。

对于连一双像样的鞋都没有的须釜小学的孩子们而言，冬季皮肤皲裂像是一个幽灵。1942年12月，四年级第二学期的保，右脚裂了口。冷漠地讲，这是必然。

原本是小脚趾根部的小裂口，由于反复浸泡在冰冷的泥里，它开始扩大，加深，已经能看到里面红黑色的肉。尽管如此，如果还是穿着稻草鞋或是光脚走路，治疗也无济于事。

每年，孩子们都把治疗的任务交给大自然。寒意消退，冰雪初融，不久后，上学路上白沙飞舞。隆起的新生组织会盖住皲裂的皮肉。像往年一样，保未做任何处理。不幸的是，细菌从裂口入侵了他的身体。

右脚踝以下已肿大。丰带着保去找"大野医生"。从法昌段下来，在须贺川街道的拐弯处，便是大野医院。小小的保仰望着它的石墙，医院显得高高在上。

据大野长治医生初诊，脚肿是因为肌肉炎症。普通治疗不仅不起作用，反而会引发骨髓炎，必须进行手术。

术后，在家休养期间，左侧股关节开始痛起来。据大野讲，这个病，治好一处，化脓的地方会不停地转移，要完全好需要一两年。

丰与丈夫商量，决定把保送到市立须贺川医院住院治疗。本不宽裕的家庭，能下决心负担这笔意料之外的开销，可见父母已倾尽全力。

住院期间，保不仅接受了左侧股关节手术，右脚踝也做了第二次手术。两个月后出院，如大野所言，下肢多处化脓，不得不反复请医生出诊。而后，眼见病情终于消停，保却落下了严重的残疾。

左侧股关节完全不听使唤，右侧股关节只能动一点点，接受过两次手术的右脚踝，虽然可以上下活动，但无法左右弯曲。这个样子是很难站立的。末八命令无法站立的保练习走路。

对于这位父亲，儿子们的看法是一致的。二哥弘二："严肃而严厉"；四哥千代治："严肃，责任感强"。

保拄着拐杖，一次次尝试站立，又一次次跌倒。每次，末八都会把他拖起来，再递上拐杖。父亲的执念，终于在6个月后有了回报。保开始能够双手紧紧抱住拐杖向前走。可是，保又迎来了新的目标："不用拐杖自己走！"

因为没有支撑，这次可谓难上加难。保有些动摇，但末八的呵斥不绝于耳。实现不靠拐杖也能走路，又花费了一年的时间。

"第一次丢掉拐杖时，我高兴得哭了。"保坦言。

将不可能变为可能，他为自己感到喜悦。

休学两年后，1945年新学期，保升入五年级。不过，休学前后，他的学生手册却呈现出截然不同的内容。

学习成绩方面，倒是没有特别值得一提的变化。顺便提一下，四年级时，全部科目（10门），除音乐是"良+"以外，其余都是"良"。评语写的是："各科均普通，课堂上积极认真。"

五年级时，武术和体操掉到"及格"。这倒也没有办法。语文升至"良+"，其余都是"良"。评语写道："不甚聪明，但努力。热心学习，成绩提高。"可见，有所长进。

问题出在整个五、六年级异常的缺勤天数。三年级时，保缺勤 8 天。四年级缺勤 67 天，这跟治疗有关，无法作比较。然后，在复学后，五年级竟缺勤 123 天，六年级竟缺勤 199 天。这让复学成了有名无实。

究其原因，首先考虑的是走路困难。虽说他已能自己走路，但依旧行动不便，最终导致不愿去学校？

其实不然。

"走路时，只有小脚趾的外侧着地。不过，几经练习，我已经能和普通人走得一样快。当然，走太久会累一些。"

这是后来本人讲的。得益于父亲的严格训练，腿脚已不影响保上下学。这样的话，也许缺勤只能从郁积于保心中的情感层面去找答案了。

> 在上下学的路上，我的朋友们喜欢模仿我，经过我身边时还会故意跑向前去⋯⋯
> 很丢脸。从小时候起就是这样，长大之后，虽然也想过要改掉乖僻的性格，但每次从橱窗玻璃里看到自己的样子⋯⋯
> 在工作上找到自信后，这种感觉倒是有所减轻。

从保的话里，可以看到周围的人是如何看待他的。丢掉拐杖自己走路的欢喜，也在顷刻间灰飞烟灭了吧。从此，他变得孤僻。

但从学校保存的指导手册上看，校方似乎并没有发现这个问题。

"性格温和，开朗。热心学业。只是过于敏感，曾有不当行为，但立即改正，后归正轨。身体残疾，但性格并不乖僻，只是有自卑感，不愿讲演。或因年长两岁，略显老成。"

如果保回到学校后，"性格并不乖僻，只是有自卑感"，那他也就不会一年缺勤两百天，六年级也不至于退学了。

手册上只有一处明显的批评。"曾有不当行为"，那是四年级的事。时任班主任缝节子记述如下。

"爱偷窃。经严厉训诫，立誓改正。此后，类似行为未再度发生。其改正令人欣喜，但仍需注意。"

既然是"爱偷窃"，应该不只是一两次。有一个疑点，在保五、六年级的手册里，毫无关于"爱偷窃"的记录。是因为改正了？

那两年与保同年级的北须釜杂货店主关根资郎说：

"那个保？什么样的学生？嗯，有点阴沉吧。手倒是很灵巧，摆弄各种器械，拿别人东西什么的。30年前，那时候的孩子，一穷二白，拿个别人的铅笔、橡皮，还有帽子什么的，整点恶作剧。还有别人衣服的扣子呀、小刀什么的。那时候，买也买不起，让爹妈给50钱都难得很。"

从这位当年的同学的言辞中，明显看得出他对保没什么好感。尽管如此，在他看来，保的行为，并不是"爱偷窃"，而是"恶作剧"。换言之，保的行为或许只是一种发泄，发泄他对于同学们的扭曲的情感。

4

下谷北警察署向警视厅搜查一课发出支援请求，是在1963年4月1日下午2点30分。"4岁幼童彻夜未归。"

值班的第二系主任及11名警察于10分钟后出动，在下谷北署与所辖刑事课10名警察会合后，开始搜查幼童村越吉展的下落。

前一日下午6点40分，下谷北署入谷町东派出所接到村越丰子报案，案情经本署上报后，警视厅向相邻各警署发布协助搜查令。自不待言，下谷北署也在辖区内开展了搜索。但各方均未找到吉展。

此类情况，首先考虑的是事故致死。可是，附近并无河流、沟渠，失足落水的可能性很小，也未发生相关的交通事故。这样看来，只剩下迷路和遭到诱拐两种可能。不过，在初期侦查阶段，侦查员中没有任何人预感这是一起棘手的案件。

在这样的气氛中，有一个人，从一开始就强烈主张"诱拐"的可能性。他就是彻夜不眠，等着吉展回家的繁雄。这位34岁的父亲，与常人印象中的木匠不同，非常冷静。第二系部屋长堀隆次部长刑警[①]调查时，他毫不慌乱，并且非常确信地说：

"我们家吉展虽然才4岁,但他可以清楚地讲出家庭住址和我的名字,不会是迷路了。"

同事都爱称堀为"堀头儿",并将他视为榜样。这位经验丰富的刑侦专家负责调查被害人的人际关系,从一个侧面说明,本案的领导的注意力并不在牟利诱拐这条线上。

倘若失踪幼童的父母是名人抑或富甲一方,情况或许不同。村越家并不寒酸,但也绝不引人注目,只是一家两层楼的土木工程公司。以金钱为目的的诱拐犯,想必不会盯上他们。警方猜测,即便发展为诱拐案,也跟钱没有关系,而是有精神问题或与村越家有过节的人所为。

堀调查的第一步,走向了千叶县的浦安。这座位于江户川河口的小镇,尚存渔村的风情。村越家的女用人三天前辞职,回到这里,她的老家。经调查,她回来后并不曾离开。

当夜,堀赶赴房总半岛的大多喜。在那里最繁华的街上,丰子的娘家开了一家五金店,而婆婆杉也出身于此。不过,堀并未有丝毫斩获。

村越家隐约感到警方将怀疑转向了自己,再加上对于吉展安危的不安,不由得产生了不满情绪。

繁雄便是其中之一。他在4月1日向下谷北署提交寻人请求的同时,拜托相识的印刷厂制作了寻人启事。其后,又在2日午后,通过电器供应商买了一台录音机装在电话机上。

在警方看来,如此妥善的安排,反而显得可疑。有警员认为,警方作为专家,尚未判断案件属于诱拐案,而繁

---

① 部屋长,指刑事组的负责人;部长刑警,指警衔为巡查部长的刑警。

雄竟然已经预见案犯会打来勒索电话,进而做好录音的准备,下手未免太快。按照警方的经验,此时的父亲应该坐立不安才是,一反常态的繁雄身上,也许藏着案件的关键线索。

然而,在警方看来不正常的繁雄所安装的录音机,在当天下午5点48分便派上了用场。

听到电话铃响,条件反射拿起话筒的是内宇田恒雄。他是繁雄妹妹松枝的丈夫,也是公司的工人。

"孩子在我这儿。"

话筒的深处,传来一个好似故意压低的男声。

"孩子在您那里?"

"啊。"

"啊,是吗,那现在,在什么地方?"

"50万。"

"喂,喂。"

"请准备50万。"

"50号?"

"嗯。"

"50号?50号?"

录音带在此处有少许中断。本录进去了,但挂电话后,内宇田正倒带准备重听时,接到消息的警视厅指令室来电询问,他不小心将原来的记录覆盖掉了一部分。内宇田本不善于操作机器,而且当时非常慌张。录音的后续部分如下。

"您说的是?"

"那个,赛马场那块儿。"

"停车场吗?"

"赛马场。"

"新桥站前的赛马场？"

"对。"

"在那里怎么？有什么标记吗？"

"嗯……拿本周刊。"

"什么？"

"周刊。"

"周刊？"

"啊。"

"周刊是哪一种？有很多种。"

"不，随便。"

"随便……吗？"

"嗯，随便都行。"

"哦，好的。"

"好，再见。"

"请等一下。"

55秒的对话。男子操东北口音，应该喝了不少酒。

男子一副命令的腔调。如果他真的想要赎金的话，不只地点，还应该指定时间才对。不过，在场的人没时间考虑那么多。堀赶紧叫人拿来旧报纸，剪成1万日元大小，叠作一捆钞票的厚度。

堀带着6名刑警出发前往新桥，是在通话结束10分钟后。

"钞票"用包袱皮包裹。繁雄用绳子将它的一端绑在右手腕上，再用手牢牢地抓住它。样子很像绑上鱼饵的钓钩。7人在繁雄周围略远处散开，表面上若无其事，实则随时准备扑过来。新桥站西口广场上，有一处场外马票销售点。天刚黑，广场上冷冷清清。没有任何人接近繁雄。

次日（3日）晚 7 时 15 分，该男子又打来电话。这次接听的是住在东京都内的野崎静江。她的母亲与村越家交情颇深，她自己也从大概 10 年前起经常过来走动。不过，这次叫她来的，是在东京放送（TBS）工作的丈夫。

当日下午 6 点半开始，丰子将通过 TBS 广播向诱拐犯喊话。静江丈夫准备在节目结束后，将丰子送回村越家，约静江在那里会合。

静江看好时间来到村越家，发现楼下挤满了记者，没地方可待。于是，熟门熟路的她上了二楼。正在那时，电话铃响了。

电话在里面一间 8 叠①大的房间，放在一张位于房间中央的茶几的正中间。这间房也是侦查员的值班室。

丰子还没回来。虽然繁雄等人在场，但大家认为由女性装作吉展母亲接听电话，可以减少对绑匪的刺激，于是，静江拿起了话筒。她代替丰子，直接完成了"喊话"的工作。

"我是村越。"

"那孩子……"

"嗯。"

"明后天就会还给你的。"

"嗯。"

"那啥，钱请准备好。"

"啊，好的。那，我们会准备的。那个，对了，该把钱送到哪里呢？"

"这个，回头，那啥，我会指定的。"

"啊，好的。嗯……您还会打电话来，对吧？"

---

① 约 13 平方米。

"不，那个，不一定打电话……"

"好的。"

"可能用别的方法联系。"

"啊，好的。"

"所以，那个……孩子好着呢。"

"好的。"

"啊，不用担心。"

"啊，好的。谢谢。请一定，那个，让他平安回来。那，就是明天或者后天，对吗？"

"那啥，啊……三天以内吧。"

"三天以内？那拜托了，拜托。谢谢您，拜托了，谢谢，拜托。"

"嗯……"

"谢谢，再见。"

在1分零2秒的时间里，男人对于昨日新桥一事只字不提。如果他去了现场，总该提及些什么才对。又是一通恶作剧电话？警方犹豫，他是否就是案犯。

吉展失踪的消息公布以后，近日，村越家接到的相关电话每天有十几个。主要是自称看到长得像吉展的孩子的人，也有自称是案犯的。里面一大半，很明显是恶作剧，而混杂于其间的这名男子，莫名让人感到一丝真实。

与他的第三次接触，是在4日晚10时18分。这次接听电话的是丰子。

"村越吗？"

"那，孩子，现在还好吗？"

"嗯？"

"孩子（哽咽）……"

"嗯，那啥，好着呢。"

"好的，那……"

"他见了照片……说想家了。"

"嗯。"

"说妈妈担心了，要回家。"

"嗯，请一定，让孩子，那个，他很喜欢电话的。"

"嗯。"

"听下声音就好，能不能让他说句话……还有，那个，钱，我会带去的。"

"嗯。"

"一定会给您的。"

"嗯呐，地点嘛……"

"嗯，请您告诉我吧，哪儿？"

"我考虑了很久，一直没想出个，那个……合适的地方。"

"啊，是吗。那个，真的会把钱给您的，可不可以，那个，让孩子，听一下声音就好，现在，挂电话之后也可以。让我……听听他的声音……"

"现在，他不在旁边。"

"什么？"

"不在我旁边。"

"不在您旁边？"

"嗯，嗯呐，我没把他带过来。"

"嗯，可是……那个，能不能，通过电话，或者别的什么方式……"

"啊。"

"听一下声音。因为，真的，如果听不到他声音，那个，真的有点……有好多人打电话来。"

"嗯。"

"对不起。"

"嗯呐,那个,孩子会平安回去的。"

"好,谢谢您。"

"然后,那个,地方。"

"嗯。"

"我会好好选的。"

"嗯。"

"那啥,稍晚点,我会再联系。"

"那个,喂,喂。"

"嗯。"

"拜托了,请今晚一定。"

"……(听不清)等信儿吧。"

"那个。"

"用报纸包好。"

"好的。"

"先预备好。"

"好,那个,钱已经,准备好了,等着的。我已经,真的,真的,不知道该怎么办了。"

一心想确定孩子的安危,丰子咬住不放。尽管如此,男人仍旧不给任何线索。丰子的眼泪,再也控制不住了。通过电话,男人一定感受到了丰子的崩溃,他只是不断重复着"拿到钱,一定把孩子还给你"。平复情绪之后,丰子继续追问。

"真的……是您吗?"

"(语气强硬)没错儿。"

"是您,对吧?"

"嗯。"

"好的。那，如果，那个，肯定对吗？能不能……"

"没错儿。"

对话还持续了一段时间。丰子竭尽了全力，因为警方希望她尽量把通话时间再拖长一些。

不过，3分50秒时长的电话也没让警方追踪到对方。因为，日本电信电话公社主张，按照法律，他们负有"通话保密义务"。

一个月后，在警视厅的强烈要求下，邮政大臣下发通知，公社开始全面支持电话追踪。那时起，电话上终于安装上拿起听筒便自动录音的真正的录音机。

在那之前，接到勒索电话的人需要举手示意，等旁人打开机器开关后开始通话。所谓机器，也是极其幼稚的设备，用一根带吸盘的电线与电话主机进行连接。

与该案件同一时期上映的《天国与地狱》[①]中，有这样一个场景。警方将一个大型录音机安装在被害人家中，在对诱拐犯的来电进行录音的同时，有数人可以通过耳机听到通话。这样的技术，在现实的侦查工作中尚难以实现。

不过，虽然幼稚，且安装时遭到警方白眼的机器，几乎完美地记录了男人的来电。据此，警视厅经研究，确定该男子为诱拐吉展并进行勒索的嫌犯，于次日（5日）在下谷北署设立特别搜查指挥部。

[①] 日本著名导演黑泽明执导的犯罪片。绑匪误将企业家司机的儿子当作企业家的儿子绑架，索要高额赎金，企业家面临关系到事业存亡的抉择，故事由此展开。

5

当夜,在案件发生 6 天后,村越家重归安静。特别搜查指挥部设立之后,一大半警员搬到位于下谷北署二楼的指挥部,媒体也经过商议,自行停止了针对村越家及其周边的采访,纷纷撤离。

安静回来了。但带来安静的却是预测中最可怕的事态,本以为可能性最小的诱拐竟成现实。

此外,案犯提出的 50 万这一金额,在普通老百姓看来,绝对是一大笔钱,但从不惜违法涉险的角度看,数目却过于小了。第一次接听电话的内宇田,之所以把"50 万"误听为"50 号",无意识中也有相同的考虑。

目前,还不能完全判定来电男子就是案犯。交易赎金的时间、地点尚未指定。警方仔细嘱咐家属,男子再来电时,争取从他口中套出他就是案犯的证据。很快,晚 10 点 18 分,电话便来了。

"今晚我来接。"

繁雄坐在桌子中央,一边说着,一边将话筒贴到耳边。男子先告知,自己在地铁入谷站的入口,放了一只吉展的袜子,并说明了理由。

"如果没啥证据,可能你们不相信我,所以我放了一只袜子。"

并非出于我方要求,案犯自己提供了证据。接着,在下面的对话中,关于赎金金额的疑问也得到了答案。

"还有……"

"嗯。"

"用报纸裹起来。"

"嗯。"

"(杂音)"

"那个,用报纸裹起来是吗?"

"嗯。"

"好的。"

"弄成像厚纸板子一样。"

"好,像厚纸板一样。"

"嗯,弄得皱巴巴的。"

"好,不要弄太平整了,对吧?"

"(杂音)提前预备好。"

堀听了录音重放,确信男子就是真正的案犯。连赎金的包装都提出了细致的要求,不会是恶作剧。他已经在考虑拿到赎金之后的事了。害怕赎金被人看出来,所以他才要求用报纸包起来,弄得皱巴巴的。

不过,50 万日元,即便用 1 千日元的纸币凑,也只有 7 厘米厚,完全可以放进外套的口袋里。如果是 1 万日元的纸币,放进上衣口袋,看起来仅仅是略微隆起而已。

不知案犯把它想象得有多大。警方推测,恐怕他并没有接触过大量的钱。倘若他成功拿到钱,那也许是他第一次拿到那么大一笔钱。

这通电话也完全否定了警方当初的一个预测——村越家应该不会成为绑架勒索的对象。

次日（6日）凌晨1点40分左右（虽说是次日，实际上5日的夜尚未结束），案犯打来第5通电话。"入谷地铁站算了，再联系。"内容极短，不给录音的时间就挂了。

即便如此，据此也可窥见案犯的动向。

就如同往往左手短拳在先，右手直拳在后一般，这通极短的电话，让警方感觉到，案犯要出招了。

第6通电话，案犯终于提出了具体要求。铃声在6日凌晨5点35分响起，那是一个大雾的清晨。繁雄拿起听筒。

"现在，那个，可以，把那个拿过来了。"

"请告诉我地点吧。"

"嗯。"

"到哪里呢？"

"那啥，嗯……上野站前面。"

"上野站？"

"嗯……前面，正面的，喂……"

"嗯。"

"上野站正面。"

"正面？"

"那啥，正面的都电大道，住友银行那儿，不有个电话亭吗。"

案犯要求立刻把50万日元放到那里。到手之后，他会在一个半小时后，放吉展一个人去一个合适的地方。他还不忘补充说：

"啊，我，也是犯了事的人了，所以，那个，不要玩啥小伎俩。"

与内宇田恒雄一样同为村越土木工程公司工人的弟弟三美，驾驶公司的小型卡车，载着副驾驶座的丰子，前往

YUKAI　035

指定地点。雾极浓，即便开了前照灯，也只能看见前方两三米。6点，丰子在银行旁边的电话亭下了车。

丰子怀抱假赎金进了电话亭，环顾四周，什么都没有。三美把车停在附近一条小巷，丰子去他那要了圆珠笔和纸，给案犯写了留言。大意是，因为没见到证物，我先返回，等您联系。独自返回电话亭后，丰子再次检查了里面，然后把留言放在电话机上，与三美一起回家。

看上去，案犯是把住友银行当作了演练场。

上野站正面，视野开阔便于观察，而且容易混入人群，没有比那里更理想的地方。警方感到，此人行事周密。

开始是新桥，然后是入谷，第三个是上野。究竟，最终的地点会是哪里？村越家在入谷和上野的几乎中间位置。如果撇开新桥来看，大概可以推测，案犯应该对那一带很熟悉。

警方如同竖着耳朵探听猎物脚步声的猎人，佯装现身却隐而不现的案犯，让他们感到焦躁。不同的是，设置陷阱的不是猎人，而是猎物。

丰子的失望，显而易见。满怀今天就能救回吉展的希望，却连关于吉展的证物都没见着。只要没有警察，就能和案犯进行交易——这种受害者常见的想法，或许已经在丰子内心占据上风。堀感到，必须重新建立家属对于警方的信任。他说：

"站在案犯的角度，今天吃了一记败仗。他一定会打出下一张牌。到时候，索性我们将他一军。告诉他，没见到袜子等证物，要求他给出证物，越多越好。这样，他一定会露出马脚。"

当晚11点12分，在案犯打来的第7通电话里，丰子立刻采取了堀的策略。这位媒体眼中刚强的母亲，为了孩子，可以不惜一切。源于对于孩子的执着，她在对话中主动出击。电话彼端的案犯，明显受到了压制。

"今早上……"

"嗯。"

"我去了（杂音），你们报了？"

"什么？"

"早上，孩子，你们报了？"

"孩子，怎么了？"

"孩子的事，你们报案了？"

"没有，绝对没有。"

"我早上去了。然后，就在，那个，围墙后边……"

"嗯。"

"我发现有人。"

"那个，我也去了。那个，今早上雾很大，对吧？"

"嗯。"

"可能因为那个。我，我去了的。然后，证物，钱我带去了。"

"嗯。"

"然后，我打算只要看到证物，就一定把钱留下，我想好了的。"

"……"

"我去了的。然后，那个，电话亭，您进去了没有？"

"嗯？"

"后来，您进去过没有？"

"没。"

"啊，是吗。电话亭里，那个，我带进去了。里面什么都没有。所以，我留了言：里面有证物的话，一定会留下钱。"

"嗯。"

"所以,那个,孩子的,比如外套,如果外套不行,鞋子也可以。如果您可以放点什么的话……"

"昨天不是放了吗?"

"哪里?"

"入谷啊。"

"没,没有啊。"

"哦?"

"嗯,这些全都对不上。"

"那……"

"那个,所以……"

"没外套,太冷了。"

"嗯。"

"所以,那……"

"外套怕冷的话,鞋子也行。"

"不穿鞋可不方便。"

"是吗。那,孩子还好吗?"

"嗯,好着呢。"

"是吗,那,您,喜欢小孩子,对吧?"

"嗯。"

"那,麻烦您了。"

站在丰子的角度,哪有什么"麻烦您"一说,她满腔都是愤恨。只是因为对方控制了人质。她真正想说的,一定是"求求你",求案犯不要杀了孩子。

此后,案犯开始为自己辩解,反复称已在入谷站放过袜子。丰子不接受,他便详细描述材质和图案,努力让丰子信服。最后,他还谈到了鞋子,虽然丰子并没有问。

"那个,是塑料的,有个带子。有个卡扣。"

尽管警方已基本锁定该男子,但对其他线索的侦查也并未停止。村越家依旧接到各种恶作剧电话。

当天稍早时候,晚8点左右,有人来电,自称是真正的案犯,要求村越家于晚9点20分带50万日元到品川站东海道线站台。堀查询时刻表,发现那个时间,将有一趟前往大阪的快车进站。

一大早跑过一趟上野站的丰子,再次拿起了假赎金。堀率6名刑警前往现场。为了保护丰子,女警官村田巡查着便服与丰子同行。

预料之中,并没有可疑人物出现。按照离开总部前领导交待的行动计划,堀让村田送丰子回家,其余人员解散。

堀独自一人,先顺道去八山派出所,通过电话向总部报告情况后,乘出租车回到家中。他已经三晚没回家了。洗完澡,本打算好好睡一觉,但案件相关的各种头绪萦绕于脑海,难以入眠。他拿起电话——多年来,他习惯把电话放在枕边——接通了村越家。

"喂,头儿。5分钟前,'目标'[①]打来电话。这次讲了些新的信息,鞋子、卡扣什么的。你看,感觉越来越近了。"

"嗯,说不定快了。"

"头儿,我先挂了,我怕'目标'又打电话来。"

"好,辛苦了。"

结束和部下的简短通话,堀心想现在必须要睡了,但这种时候,偏偏毫无睡意。直到凌晨,才迷迷糊糊打了

---

① 日本警界暗语,指"案犯"。

个盹。

看表，才4点半，根本没睡多久。出于某种预感，他想再给村越家打个电话。不过，一想到值夜班的同事和部下正绷紧神经等待案犯的电话，他觉得，自己睡不着，为了寻求心安便打过去打扰，也不太合适。可是，他是那种动了某个念头就必须做到底的性格，一咬牙，坐了起来。

"哎，孩子他爸，你干什么？这个时间……"

妻子末子因为心脏问题，身体一直不好。她见堀开始换西服，一边合拢睡衣前襟，一边跟着起了身。堀并未回答，坐上停在后院的老式"蓝鸟"，发动了引擎。

穿过黑暗的道路，抵达下谷北署。堀打开二楼指挥部房间的刹那，心想，"不对！"直至昨日傍晚还持续着的紧张气氛，此刻全无。

"怎么回事！"

面对堀的一声怒吼，一名年轻刑警轻声答道：

"失手了。"

6

　　案犯的最后一通电话，是在 7 日凌晨 1 点 25 分。丰子拿起话筒。
　　"喂、喂。"
　　"那个，村越吗？我说……"
　　"嗯，是我。"
　　"那个，现在带钱过来吧。"
　　"啊？"
　　"带钱来。"
　　"好，好的。"
　　"你一个人来。"
　　"嗯。"
　　"另外，无关的人，那个，别来。"
　　"嗯。"
　　"还有……"
　　"嗯。"
　　"地方呢，从你们家直走……"
　　"嗯。"
　　"那啥，那个，朝着昭和大道方向过来。"
　　"嗯，沿着昭和大道走……嗯……"

"嗯，尽头有个品川汽车。"

"品川汽车吗？"

"品川汽车。"

"嗯，品川汽车，好的。"

"它旁边，有，大概停了五辆车。"

"嗯。"

"从前面数第三辆……"

"品川汽车那里停着车？"

"嗯。"

"那个，是小车吗？那里的车。"

"对，那种，小型汽车。"

"小型汽车……"

"嗯。"

"在品川汽车的前面……"

"大概有五辆。"

"嗯，有五辆车。"

"从前往后第三辆。"

"嗯，从前往后第三辆。"

"后面的货厢，放了那个东西。"

"后面第二辆[①]？好的。"

"还有，那个，只能你一人。"

"好的。"

"家里人，不能走出来半步。"

"家里的人也不可以吗？"

"嗯。"

"司机，就我和司机，开店里的车去，那个……其他人

---

① 日语中"货厢"和"二辆"发音相同。

我不会告诉他们的。当然，钱一定会带过去。"

"嗯。"

"只要，那个，只要孩子回来就行。"

"啊，好。"

"嗯，所以……"

"好……"

"那就开我们店的车去？"

"嗯，用你们的车。"

"村越土木工程公司的车。"

"还有，马上就来，挂了电话。"

"好。"

"然后沿着来前的路，直接回家。"

"好。"

"然后，回家等着。"

"好，在家等？"

"嗯。"

"那，孩子您放到哪里？"

"大概一小时后……"

"嗯。"

"那个，我会告诉你孩子在的地方。"

"地方？啊，好的。"

"嗯。"

"在那里面吗？"

"嗯？"

"是在里面吗？那个，车里面。我也不知道。"

"啊，那啥……不会马上在那里交给你。"

"嗯。"

"拿到钱，大概一小时后。"

"嗯。"

"然后，嗯，再告诉你放孩子的地方。"

"好，好的。另外，袜子有吗？"

"啊？"

"袜子。当作证物的。"

"放了啊。"

"嗯？"

"啊，会放的。"

"就放在那里吗？"

"嗯，这就去放。"

"对了，您认得出我吗？"

"嗯，认得。"

"认得？"

"嗯。"

"好的。"

"还有……"

"嗯。"

"那个，绝对不能告诉警察。"

"嗯，不会的。"

"如果，让警察知道了……"

"嗯。"

"那就，没戏了。"

"好，好的。……那个，喂喂。"

"家里人不许出门，一步也不行。"

"嗯。"

"那啥，我这边，还有一个人看着呢。"

"好的。还有一个人，那个，车，开车的人，可以吗？"

"啊，那可以。"

"那个，半、半夜了，一个人有点害怕。开村越土木工程公司的，那个车去。"

"啊，记住直接，从来的路直接回家。"

"原路，直接回家，对吧？"

"嗯。然后，回家等着。"

"哦，好的。"

"明白了？"

"嗯，明白了。"

"那，现在，马上。"

"好，谢谢。"

2分55秒的对话。或许，对于案犯而言很长，对于丰子而言太短。

堀离开后，村越家警力变得薄弱。留守指挥部的铃木公一警部辅到村越家察看，大概是最后一通勒索电话前15分钟。

站在村越家前，可见二楼灯火通明，甚至能听到警员们的谈话声。铃木上楼，桌子上，电话旁边还放着装寿司的小桶。

"要吃就赶紧吃，不保持警惕怎么行！"

铃木不由得用了叱责的语气。他预感，案犯即将打来最后一通电话，而警员们却看起来很放松。在铃木向杉借便服时，杉也是同样的心情。

她按照铃木的要求，从一楼取来工人们的工装夹克、日式短外衣。警员们各自评论一番后，开始换衣。吵吵嚷嚷，景象好似文艺演出的后台。

"搞出那么大动静会不会不太好？如果案犯来察看，不就暴露了吗？"

杉讲出了自己的担心。

繁雄亦是同样的想法。晚 11 时 12 分案犯来电时，他万分忐忑。因为，他预感："明天会是最后一天。"

还有不到 1 小时，便是 4 月 7 日。吉展是 3 月 31 日星期日被诱拐的，而明天也是星期日。这位父亲感到一种"好似命运般的东西"。

他主动将警员脱下丢在玄关的鞋拿到二楼。换完便服的警员们，有的打盹儿，有的抽起了烟。

如果从面向公园的玄关出动，过于显眼。背后是里见家经营的公寓，二楼年轻伙计的房间正好对着公寓的阳台。繁雄已提前征得里见家的同意，可以让警员翻窗过去，然后从小路走。

案犯似乎要孤注一掷，而繁雄也为了最后的对决拼尽全力。

警员行动时可使用的交通工具，除了店里的微型货车，还有一辆藏在北侧小巷里的乘用车。那是繁雄特意从附近的玻璃店借来的。

案犯好像是瞄准了家属和警方之间微妙的间隙，发来挑战。

铃木警部辅本只是来巡视，并非这里的指挥官。现在，他不得不代替上级，承担现场的所有责任。

当晚，值守村越家的有搜查一课 3 人，当地警署 2 人，共 5 人。这个数量绝对不算少，但都不是铃木的直属部下。对于铃木而言，每个人的风格和能力都是未知数。

如果换作平时的手下，他可以根据特点分配岗位，而手下们无需他给予特别细致的指示，便知晓他的意图，像他自己的手、脚一般开展工作。

既然上述奢望无法实现，对于这位应急指挥官而言，最需要的，便是思考的时间。可是，案犯并没有给他时间。

案犯所指定的品川汽车，距离铃木他们所在地300米。

村越家北侧，是一条较为宽阔的马路，这条路向西延伸，穿过两个十字路口，在尽头处与昭和大道垂直相交。（昭和大道从上野站前经过，自入谷通往三轮方向。）

从村越家看，品川汽车在正对面，也就是道路的尽头。

如前文所述，铃木也预感到很快将接到案犯的最后通知。不过，交易赎金的地点被安排在如此近的地方，却是他始料未及的。

通常情况，按照罪犯的心理，作案现场警力最为集中，他们会选择远离。然而，案犯却把第二现场设定在"危险"的第一现场的旁边。并且，他要求马上送钱过去。

完全在意料之外，铃木措手不及。

倘若案犯的计划是在洞悉这一切的基础上制订的，不得不承认，他心思缜密，胆量过人。

正当铃木试图平复心绪之时，丰子向他建议，不使用报纸叠成的假钞，而是将真正的50张1万日元交给案犯。

从繁雄去新桥那次开始，丰子便对于假赎金心存芥蒂。万一案犯得手逃跑，发现赎金竟是一文不值的废纸，恐会对吉展不利。作为母亲，她绝不愿看到这样的情况发生。

一旁的繁雄也是相同意见。案犯总是在深夜或凌晨打来电话，不管是来电的时间还是电话里的声音，都让人觉得他是个不讲规矩的人。

一心系于吉展安危的父亲，在接电话这个问题上，一方面自己非常小心，另一方面反复叮嘱丰子，千万不要刺激案犯。因此，在最后关头，他强烈反对这种可能对案犯造成最强烈刺激的冒险。

其实，村越家已准备好50万日元。那是4日上午，杉从上野信用金库合羽桥支行的存款账户里取的。这50万日元，有人称之为赎金，有人称之为悬赏金，但杉有她自己的想法。不管是案犯，还是世上的任何人，只要能让吉展平安回到她身边，这钱她都欣然献上。

杉无数次向媒体表达这一想法，希望媒体予以宣传。每次，她都深深地鞠躬。

铃木警部辅完全接受了这对父母的强烈要求。不过，他犯了一个低级错误。他本该让部下记录钞票的号码，但却没顾得上这个细节。即便他没有安排，也应该有人提前完成这一工作才对。

彼时，在极为紧迫的时间里，他正要做一个他认为最重要的决定。部下前往现场埋伏，是用车还是徒步？两条路，各自的利弊在脑中闪烁，他必须立即作出判断。

就赎金问题征得铃木同意后，丰子突感内急，下楼上厕所。杉正在哄美子睡觉。

"妈妈，这次带那个钱去。"

招呼一声，进入厕所，迅速出来。内宇田三美慌慌张张从二楼跑下来。

"他们让我去。"

他手里，已经拿上停在外面大路边的丰田之花的钥匙。很快，丰子听到了发动引擎的声音。

三美开车，是他主动请缨，经铃木同意后确定的。他很急切。因为，送丰子去住友银行时，受大雾影响而迟到，警员对他的责备挥之不去。从挂断电话，到坐进驾驶室，他只用了5分钟。而丰田之花，也为了最后的时刻，提前停在了路边。

在引擎的轰鸣声中，杉跑了出来，小声传话：

"有个刑警要上车，稍等一下。"

YUKAI　049

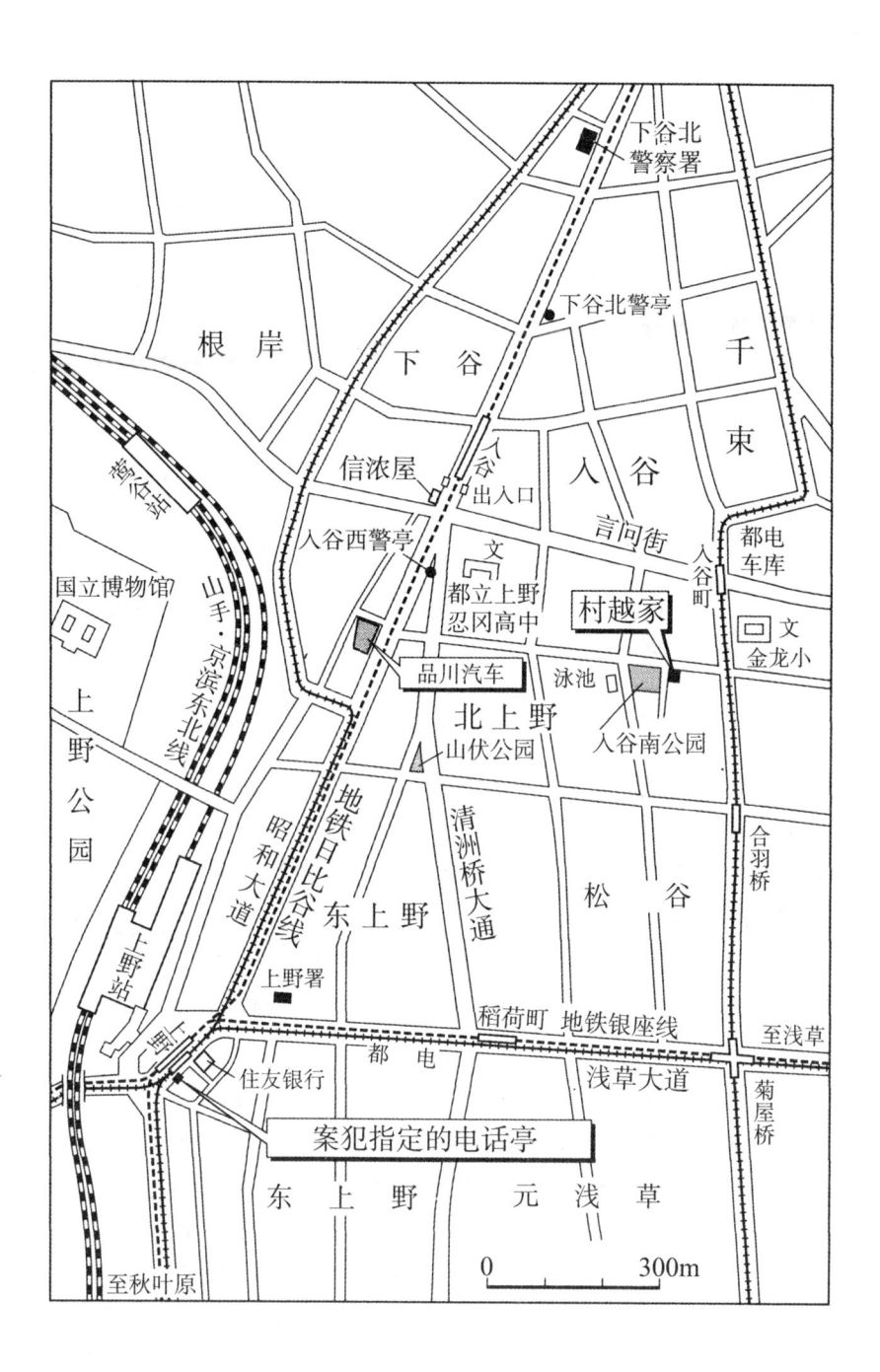

丰子从厕所出来，与三美在楼梯下打过照面后，遇到从二楼跑下来的野崎静江的母亲。她把50万日元交给丰子。此前，杉将它用报纸裹起来，再用包袱皮包好，放在衣柜的抽屉里。

丰子接过包袱，坐上丰田之花的副驾驶座。同乘的刑警，尚未现身。

丰田之花车头朝向品川汽车的方向。一辆出租车从对向车道驶来，在前方公园旁边停下。下车的是住在里见公寓的男公关和另一名男性。二人消失在公寓的小巷里。

从二人消失的地方，一齐跑出6个人，5人拐向后面，1人进了丰田之花的货厢。那是下谷北署刑警佐佐木安雄，做刑警的年头不长。他朝三美抬起右手，俯下身。三美见到信号，出发。

关于时间，丰子事后称，她记得不太确切，从挂断电话到出发，大概5到10分钟之间。

繁雄将6名警员带到通往公寓的房间，然后，从二楼看着他们从小路跑到外面的大路上。虽然叫小路，其实也只能通向外面的大路，别无他处可去。繁雄称，彼时离通话结束，大概六七分钟。

接着，他立刻回身，下楼，目送丰田之花。这个时间，最慢也只需30秒。令他骤感不安的是，警员能否先于丰田之花赶到现场？

瞬间，他闪过一个念头。为警方准备的两辆车还没用。除佐佐木之外的其他警员是跑步出发的，不知有何计划。如果自己驾驶两辆车中的一辆，跟在丰田之花后面如何？

不过，他又打消了念头。即使那5人赶不上，货厢里的刑警是一直跟着丰子的。他告诉自己，警察有警察的考量，不可轻举妄动，破坏计划。

三美抵达昭和大道的路口，先往左打方向，然后掉头，将车侧方位停在品川汽车的正面玄关处。停在那里的车不是5辆，而是7辆。其实，案犯本来指定的地方是品川汽车的侧面，并非品川汽车，说明丰子当时太过慌张。

丰子独自下车，一辆辆车找，并没有发现证物，而且车的数量也和案犯讲的不符。面朝品川汽车的右手边，有一条小巷，她走了过去。

车随人动，丰田之花横在小巷口停下，形似盖子封住路口状。

在小巷里，正好停着5辆车，车尾朝向昭和大道。案犯所讲的从前往后第3辆，从后数起也是第3辆。这位母亲似乎见到孩子平安归来的一线曙光，她完全按照案犯的话，无意识地用目光追随，第1辆，第2辆，第3辆。走到第3辆车的货厢，在隆起的后轮护板后面，找到了鞋子。

拾起来看，虽然她已能断定就是吉展的，但她又拿去让三美确认。可见，于她而言，这是需要慎之又慎的事。

将包袱准确地放到刚才鞋所在的位置后，丰子顾不上观察周遭，拖着僵硬的双腿走回丰田之花，走上副驾驶座。三美在昭和大道上右转，进入通往村越家的路，在第一个十字路口左转后停车。一直趴在货厢底部的佐佐木刑警跳下车，沿小巷奔向昭和大道。

三美的做法并非授意于他人，而是基于他自己的判断。丰田之花倒车，再次回到通往村越家的路，然后径直驶回家。

从村越家一齐跑出来的警员，包括铃木警部辅。他的最后决定，理由如下。

品川汽车和村越家处在一条直线上，即便因为是夜晚，案犯无法洞察300米外细微的动静，但倘若几辆车同时出动,很容易引起案犯的怀疑。于是,他没有选择备用的两辆车,而是决定用跑的方式。

此外,案犯示意有同伙把风,这也促使警方选择更隐蔽的行动方式。

不过,这个地方,铃木犯的严重错误不止一个。

既然警员不用车,丰田之花的出发时间就必须推迟。他没有安排这个细节,而是慌慌张张地跑了出去。

佐藤助雄刑警从村越家所在地块的后方的路出发,擦过入谷南公园东南角,穿过秋叶神社侧面,打算沿着丰田之花行驶道路以南第二条路奔向昭和大道。不巧,他被聚集在一起的拾荒者拦住了去路。在拾荒者眼里,这个神色慌张,打扮跟自己相差无几,全力奔跑的男人,一定是逃跑的小偷。

"让开!我有急事!"

佐藤所言不虚。

不过,正是因为着急的样子过于异常才被拦下,他的解释完全不起作用。

接着,他说:

"我是警察。"

这话反而不该说。

"那,你的证件呢?"

佐藤把手往胸口一拍,糟糕,没有。换便服时,证件留在自己的衣服里了。

"你这个假警察,去派出所吧!"

由于这意外的一幕,等他穿过昭和大道,从前方路口右拐,经下谷保健所背后赶到品川汽车旁边的小巷,为时已晚。

更早到达的,是该辖区的龟井孝巡查。他前半程与大和田胜刑警同路。因为年轻,而且是下谷北署的马拉松选手,他出发时是最快的。当然,后程也绝对是最快的。

当龟井跑到上野儿童咨询处,他听到右侧的引擎声。侧目,发现在东京富士兔子的十字路口,有一辆卡车正朝村越家方向驶去。虽然只是一瞬,他确定那辆车就是村越土木工程公司的丰田之花。

龟井望见的十字路口,正是躲在货厢中的佐佐木下车的地点。估计是三美倒车后,把车转回村越家方向前行时,被龟井看到的。最快速度的他尚且如此,佐藤不管走哪条路都不可能赶得上。

不过,5人还是按照分工,抵达各自点位埋伏。事后看来,含佐佐木在内的6人,其中竟有5人盯的是品川汽车的正面,而不是侧面。可以说,这支作战部队,从头到尾都缺乏章法。

现场鸦雀无声。全员躲在暗处,屏息凝视。过了30分钟,依然不见动静。铃木从公用电话亭给村越家打去电话。得知案犯逃跑,丰子哭了起来。

警方发现丰子放的赎金从货厢消失,是在凌晨3点。6人持续在现场埋伏,直到早上7点30分——虽然留下来并无作用。

事后,堀为分析失手的原因,让现场埋伏的刑警们沿着当晚同样的线路,用同样的速度前后跑了三趟。

连接品川汽车的大路300米,而迂回过去的警员所跑的路——每个人各有不同——大概在500米以上。

根据测算,5人全部到位的时间估计在凌晨1点41分。这是以1点33分出发计算的。丰子放下赎金离开应该是在36分,比警方完成对品川汽车的包围早了5分钟。

估计案犯不会在丰田之花刚离开便跳出来。他一定是看着车离开，仔细观察周围后再走向货厢的。

　　另一方面，警方也并非所有人都是41分才赶到现场。动作快的，会更接近丰子的时间。

　　如此分析，这个"5分钟"还应该缩短，综合各种因素，也不会短于3分钟。结论是，"空窗期"是3分钟。也就是说，只要铃木把三美的出发时间延迟3分钟，就能在现场抓获案犯。

7

听闻案犯逃走,警视厅高层大惊失色,内部责难声不绝于耳。

有人说,"那样的埋伏,简直是初中生水平"。有人说,"这是警视厅创建以来最严重的失败"。观点杂多,但众人对于现场指挥失误这一点,意见是一致的。

部内下达封口令,不让媒体知情。为了掩盖此事,只能在公众知道前,将案犯绳之以法。

次日(8日),玉村刑事部长从第一、第二机动搜查队、搜查一课七号室、上野署、浅草署调动大量警力,组成一支共161人的异常庞大的侦查队伍,并亲自坐镇指挥,力求迅速结案。

经仔细研究录音带,搜查指挥部推断,来电人40至50岁,东北口音浓重,估计来东京时的年龄已经较大。

以此为基础,搜查指挥部向全系统发出通缉令,一方面,在东京都内各旅馆,调查案件刚发生后带男童入住的旅客,另一方面,针对7日以后消失或突然挥金如土的人,全力开展排查。同时,公园周边的走访工作从头来过,寻找目击者以及熟悉这一带且操东北口音的人。

梅泽菊雄受到连累。他于3月31日下午6点左右与吉展分开。不仅仅因为这名少年是最后见到吉展的人,他也是目前唯一的嫌疑人目击者。

从摆弄水枪的二人背后传来的那个声音的主人,多半刚从厕所的某个隔间里出来。因为,菊雄和吉展在洗手池,他并没见到谁进到厕所。

菊雄看出水枪是坏的,自己一人先出了厕所。当时,那名男子好像对吉展说:"你这个水枪真不错。"

从事发第二天起,菊雄不断地被不同的人问相同的问题。脸长什么样,多大岁数,什么样的打扮?

菊雄与男子相处的时间极短,不可能答得详细。而且,他只是个 8 岁的孩子。男子留给他的印象是:

"跟我们家的康夫很像呢。"

康夫借住在梅泽家,30 岁,身高接近 5 尺 3 寸。①

警方根据录音推断案犯年龄在 40 至 50 岁,这与菊雄的描述差距较大。尽管如此,警方还是把菊雄带到警视厅,让他从有前科的人的照片中选出相似的男子。

当天,菊雄在母亲照代的陪同下,从上午 9 点到下午 5 点,看了无数男性的照片,只在午饭时休息了会儿。

"我不想再看了。"

菊雄对母亲说。母亲也同样厌腻了。花费一整天,菊雄选出 3 张照片,巧的是,这 3 张照片里的男子都是东北人。现场警员不停地摇头。

"不可思议,太不可思议了。"

当夜,菊雄做了噩梦。半夜突然坐起来,在附近找东西。

"怎么了?菊儿。"

照代问。菊雄的回答声非常清晰,并不像半梦半醒的样子。

---

① 日本的 1 尺约 30.3 厘米,1 尺为 10 寸。5 尺 3 寸约 160.6 厘米。

"糟了，康夫不见了。"

搜查指挥部空前的人海战术，不仅没有抓到案犯，连一条有用的线索都没找到。

8日一早开始，警方以公园为中心，向3000户家庭发放了"求助信"。信上详细记述了吉展的特征。

"身高1米左右，西瓜头，与身体相比，头较大。左耳上方有一处10日元大小的斑秃，因为头发遮挡，不容易看到。脱掉衣服后，右下腹可见疝气手术留下的疤痕。右眼轻微斜视，看起来有点像对眼……"

可以肯定，吉展被人从公园里带走了。发生的时间不是深夜或凌晨，而是行人较多的傍晚，所以，应该有人看到案犯和吉展在一起才对。

可是，连一个目击者都没找到。8日，9日，10日，连续三天的全力侦查，除了拿到菊雄的证词，别无所获。

骤然膨胀的侦查队伍让记者感到一丝不同寻常，他们开始积极地挖掘背后的秘密。他们的行话，叫"嗅到了气味"。于是，记者们加大了突击采访的力度。

警察开完当天的工作总结会，回到家，洗完澡，此时是最适合突击采访的。

有时候，如果双方交情颇深，而且有时间和兴致，警察会邀记者进屋小酌。通常情况，采访只限于门前的简短对话。

突击采访有了效果。尽管内部下达了封口令，但"'目标'好像跑了"的消息，逐渐传到记者们的耳朵里。

10日，品川汽车一事在警视厅已然成为公开的秘密，包括记者俱乐部①。

---

① 日本首相官邸、各中央政府部门和各地政府都设有"记者俱乐部"，由各大主流媒体驻派该机构的蹲点记者组成。

在当天下午的记者发布会上，玉村刑事部长公开承认放跑了案犯。不过，介绍事情经过时，他隐隐暗示行动失败的责任在于被害者一方。他的言下之意是，由于丰子一心按照案犯的要求行动，警方来不及准备才放跑了案犯；又因为她强烈要求用现金替换假赎金，才导致钱被案犯拿走。

当局逃避责任的措辞，引起部分媒体无端的误解。

随着搜查指挥部的秘密侦查转向公开侦查，各报从4月19日晚刊开始重启案件报道，并一齐刊载了案件始末。其中，甚至有文章臆测，丰子与案犯勾结，故而违反警方要求使用现金，并不顾警方阻拦冲了出去。

以此为导火索，几家热心报道丑闻的杂志无中生有，将报道的焦点放在丰子的男女关系上。

案犯逃跑后，村越一家仍相信他讲的"1小时后"，等待吉展归来。不过，希望落空。那以后，全家都被一个可怕的念头纠缠，只是没人点破。

次日，下谷北署长铃木文雄到村越家巡视，当着繁雄和几个年轻人，对丰子说：

"不听警方的安排，我们可不好办案啊，村越太太。"

在丰子看来，这位署长性情直爽，是个好人。也许，他是听信了部下不实的报告。丰子并未心生恨意。

反而是性情温和的繁雄，用从未有过的激动的语气，大吼：

"你他妈混蛋！"

在一旁的杉用老年人特有的口吻安慰儿子道：

"当官的是这样的。别人靠学问、靠考试走上去的。"

此后，铃木再没在村越家出现过。

与这家相处更融洽的，其实是部长刑警堀。虽然专司命案，但他面容温和，像一位乡村小学教师。额头上有五条深深的横纹，斑白的头发仔细梳成三七分，略驼背，眯缝着原本就细的眼睛，说话清晰易懂。于丰子而言，他是一位容易亲近的警察。

"我说，堀先生，警察真是太过分了吧。"

"嗯，这次的事必须认真反省。我作为警视厅的一员，也觉得非常抱歉。"

"倒不是堀先生的错，不过，这次警察太无耻了，我真的觉得。"

17日，村越家迎来吉展5周岁生日。去年今日，全家去后乐园游玩的情景，丰子还历历在目。

向来喜欢交通工具的吉展，坐在玩具汽车里嚷嚷"再来一次""再来一次"，不愿离开。

回家路上，杉买了一辆儿童自行车送给吉展。虽然带辅助轮，但两轮的自行车吉展还是骑不好。车至今仍放在院子的角落里，上面用油漆喷涂着吉展的名字。

这天，丰子买了许多吉展喜欢的东西，香蕉、草莓、橙汁、乌冬面，摆在桌上。然后，对着照片说：

"小吉，要自己起来上厕所噢。尿了床，会被叔叔骂的。你已经5岁了，要像个大孩子了。明年生日，我们一定一起过噢。"

日子一天天过去，这位母亲越发不能接受，如此厄运竟降临到自己孩子身上。

"一亿人之多，为什么偏偏……"

在她打算做红豆年糕汤那一刻前，"诱拐"于她而言，只是电影或小说里的事。

"偏偏是，我的孩子……"

谁能回答她的问题。

杉接下来的话，是安慰儿媳，或许也是讲给自己的。

"这都是命运的安排。你看，NHK，① 还有那位女大学生，不就是吗？"

去年 10 月，NHK 的摄影师拿着携带式摄影机到入谷南公园取景。不久后，他拍摄的影像在《孩子们的广场》节目中播出。其中，有三个镜头偶然拍到了吉展。

村越家并没人收看。知晓此事，是在案件发生后，收到 NHK 记者洗印的三张照片。有两张是吉展骑着三轮车，一张是他从人造小山下来，手伸向丰子。可能是午饭准备好了，丰子叫他回家。

所谓"女大学生"，是指另一件事。

这也发生在案件传开后，就读于女子大学的一名年轻女性来到村越家。她径直说道，因摄影展在即，到入谷南公园拍摄小朋友。底片刚冲洗好，就出事了。试着找了找，果真找到几张吉展的照片。希望能有所帮助，所以唐突造访。说完，放下三张照片，没留姓名便离开了。

照片拍到吉展在人造小山上玩耍，从山上滑下来等镜头拍得生动活泼。连左侧 10 日元大小的斑秃也拍到了，整体上特征非常明显。因此，接下来的寻人海报便采用了这组照片。

"吉展啊，很容易和人亲近，聪明，动作麻利，就算丢进人堆里面，也很打眼的。这样的孩子，他啊，很容易被人看到的。"

突然陷落悲痛的谷底，杉努力发掘哪怕是一点点的安慰。

---

① 日本广播协会，日本的全国性公共媒体机构。

海报贴出后，女大学生寄来明信片。上面写道，不管在地铁站还是哪里，都能看到自己拍摄的吉展，每每看到，心痛不已。

　　原本略胖的杉，急剧消瘦下来。从清晨到深夜，恶作剧电话不断。不知道真正的案犯在什么时候、会提出什么，每个电话都必须接到，所以一直处于睡眠不足的状态。当然，即便没有电话的困扰，估计她也安睡不了。家里家外，但凡听到响动，必定起身。她总是觉得，这是吉展回来了。头发全然失去弹力，宛如枯枝。

　　丰子也憔悴得没了人形。双目肿大，渐渐看不清报纸，连电视也看不清了。她这才体会到，精神上的痛苦，竟能夺走人的视力。

二

发　展

1

我是成田又次郎和冈田喜美枝的孩子，生于横滨。

据说，母亲决定和父亲共同生活时，已有4个孩子（三男一女），肚子里还怀了一个。

好像是由于父亲不务正业，在我9岁时，母亲抛下我和父亲，搬了出去。我13岁时，父亲死了，我在伯父生前所在的保土谷生活，帮人照看烟店。

我小时候得过中耳炎，胃也不好，各种原因吧，我连小学都没能好好念。

18岁的时候，开始在品川做艺伎，陪酒，一直做到现在。

因为陪酒，大概在1953、1954年，我在中野一家日式酒馆上班时，认识了富森康市，开始承蒙他的关照。

不过，因为我还得上班，那样的日子持续下去也不是个办法，于是，在富森的帮助下，1961年12月前后，我在东京都荒川区荒川一丁目三十一番地租房子，开了一家叫做"清香"的小餐馆。

富森有老婆，将来不可能和我一起过。而且，他自己也说，如果我找到合适的人，想结婚就结婚，不用顾虑。

他一般一周来一次，多的时候3天来一次，少的时候半个月都不来。他多是中午或傍晚来，从没留宿过。

我年轻时得了心性哮喘，跟异性发生关系持续不了多久，往往是一副呼吸困难、撑不住的样子，跟富森发生关系时就是竭尽全力的状态。

我觉得自己性欲很弱，所以从来没采取过避孕措施，但我也从没怀孕过。

我从和小原保相识开始讲。

1962年2、3月前后，他来我这里喝酒，大概半个月的时间里，几天来一次的样子。不过，那之后，他开始每天都来。

他虽然是残疾人，但并不打眼。我的店小，只有去厕所才会站起身走几步，而且，即便身体晃荡两下，对于喝了酒的人而言，也很正常。所以，前半个月，我都没注意到他跛脚。直到他每天都来，我才察觉。

保说，兄弟姐妹都不管他，他过了不少苦日子，还卖过血。想到我自己的经历，心生同情，而且，他是残疾人，我身体也不好，有些同病相怜吧，对他怀有好感。

开始每天来往以后，有几次我还借给过他几千日元。大概在当年9月开始，他的酒钱只是收一部分，没太较真。

就这样，在当年12月初，我和保发生了关系。当月下旬，保说，他的父亲生病，自己要赶回福岛老家，酒钱可能要欠一段时间。我本就对他有好感，没刻意催要过。想必是到了年末，他自己觉得不该再拖，才那么讲的。

1963年1月，保来店里的时候对我说："我爹让我有空带你回村里。"既然他把我的事告诉了父母，我感觉他有要和我一起过日子的打算。

然后，我们发生关系的次数也多了起来。

我记得，1月末之前，他在松屋钟表店上班，几乎没在我这留宿过。

不过，1月末，他突然说没意思，要辞职。我劝他，他没听。他从当时住的丰庄搬出来，处理了些家具什物，拿着换洗衣物来，说放我这儿。

我虽然对他有好感，觉得可以考虑和他结婚，但当时还没征求富森以及好友的意见，我想，不能就这么让他住进来，还是要先想清楚。所以，头几天，我给了他旅馆的钱，没留他住。

不过，最后还是输在对他的好感上，让他住了进来。

保好像是在钟表相关的报纸上找工作，常常说没钱了，找我要个1000或者500日元的。找工作期间，估计从我这儿拿了2万日元的样子。

那段时间，我还要给他做饭，洗衣服。

3月中旬，他说新宿一家钟表店招人，因为经手贵金属，必须有一个担保人。

"你当我的担保人。"

说完，他拿着我的私章走了。于是，我以为那以后他就开始在那家店上班了。而且，他每天上7点的闹钟，然后出门。

不过，3月27日早上，他说：

"工作上的事，我要去趟横滨见朋友，借我些钱。"

我好像给了1000还是2000日元。从他早上7点左右出门，直到4月3日晚上八九点左右，这期间他去了哪里，我都不清楚。

我跟警方也说过，保是一个性欲非常旺盛的男人。就像他自己说的"朝鲜料理每天都吃"一样，从2月上旬到3月26日左右，只要我们睡在一张床上，可以说几乎每次他都要求发生关系。

另外，保喜欢拨弄我的身体，所谓前戏吧，他还时常舔我的阴部。

不过，我前面也讲过，这方面我比普通人要弱一些，厌恶的时候我会拒绝。如果我拒绝了，他会自己手淫。

可是，4月7日他带着钱回来后，要求发生关系的次数非常少，而且，不仅没有长时间的前戏，手淫也再没发生过。

清香餐馆的老板成田清子生于1923年3月，刚好比保大10岁。如本人在上述检察官笔录中所言，她成长经历很凄惨。

母亲冈田喜美枝是宫城县志田郡志田村人，原姓木村。据说很早就来到横滨，如今，知情人皆已离世，调查当时情况的线索只剩下户籍材料。

1917年6月，喜美枝与冈田弁藏结婚，登记时，她上报了私生子三男一女，一并上了户口。这些孩子分别是五儿、六儿、七儿和五女，据此推断，喜美枝此时至少已有12个孩子。

因为没找到相关记录，从大儿子到四儿子以及长女到四女，这8个孩子的情况完全不明。唯一能确定的是，对于喜美枝而言，与弁藏的婚姻是她的初婚，这8个孩子无疑都是私生子。

生于1880年的喜美枝，在37岁时第一次成为正妻，转眼间，在2年4个月后的1919年10月丧夫。而后，在次年（1920年）3月生下舍造。

喜美枝带着"冈田"姓与成田又次郎开始共同生活时，肚里怀的便是舍造。这个名字起得很随便，不知孩子生父是弁藏还是又次郎。

孩子刚一出生，又次郎便将其作为婚外生子上了户口。从这一点看，生父有可能是他。不过，能够明确的事实只有：在户籍上，喜美枝作为弁藏妻子时怀孕，在弁藏去世5个月后，在又次郎身边生下了孩子。

喜美枝的正式婚姻生活仅存于人生当中极短的一段时间，在丧夫之痛尚未完全消散之际，她再次拖着孕体，与另一个男人共同度日。这样的女性形象，不由得让人联想起明治到大正期间，那些贫穷岁月中的骇人众生相。

而且，继舍造之后，她生下了第14个孩子。这就是清子。和舍造一样，清子也作为婚外生子上了户口。

然而，在清子9岁那年，喜美枝又结束了与又次郎的生活，只身去了大阪。这是放纵的出走，还是重压下的逃避，现如今已无人知晓。不管怎样，状况已远超"可怜"的范畴，不得不用"凄惨"来形容。

喜美枝走后，1935年10月又次郎仅带着舍造、清子两个孩子，投奔伯父成田重次郎家。重次郎的三女敏枝健在，关于喜美枝，她没有任何记忆，就连名字也是头一次听说。不过，关于又次郎，她记忆犹新。

"那人是个懒鬼。我父亲可没少关照他。开过金鱼店、二手书店等等，也做过走街的小贩。那人做什么都没有长性，每次父亲都给他买好材料，但他没多久就放弃了。"

1936年1月，重次郎因病逝世。在他走后第一周，又次郎仿若追随他一般，因交通事故死亡。同时失去生父和养父的清子兄妹，不久后来到东京品川，两人相依为命。

可是，舍造被召入陆军，先是在中国大陆战场，后因太平洋战争爆发被投送至南方。1945年7月，舍造战死于菲律宾。

哥哥入伍后，为了谋生，清子在品川一家叫"铃千代"的置屋①做艺伎。哥哥一死，世上已举目无亲。

战争结束后，苟活于乱世不易，更何况单单一个女人。清子流落于浅草千束、新井药师，终于，她遇到一个厄运的庇护者。

这个男人长她 30 岁，在中野从事家具制造业。他不顾自己的家庭和 4 个孩子，每日与清子在一起，近似于同居。于是，她踏上母亲曾走过的路。与男人的交往一直持续到邂逅富森。虽然有男人供养，但她并未放弃工作。因为，她计划着，有朝一日自食其力。

认识富森，是在中野的日式酒馆。那以后，她告别日式酒馆的宴席应酬，辗转于浅草的百万弗、有乐町的夜宴、上野池之端的春等坐椅子的店。她觉得，日式酒馆的客人相对固定，而酒吧、夜总会接待的客人不确定且多，有助于学习待客的方法，从而达成自己开店的目标。

1961 年 1 月，清子终于在浅草六区开了一家自己的店。这是一家简易小酒馆，店名"京子"，发音近似她自己的名字。不过，刚开店两个月，房东便要收回。地产中介此前并没告知她有此期限。

同年末，她开清香之时，富森给了她 40 万日元。也许是同情她此前的失败。

王子电车的三轮桥终点，人流如织。附近有一条小巷，铁路道口的警报声清晰可闻。一个生于底层的女孩，要在这里拥有一座面宽不足 2 米的小小城堡，花了整整 40 年。

---

① 置屋，艺伎集中住宿的地方。

3月27日晨，保称自己去趟横滨，走出清香后再无音信，直到他突然回来，已是4月3日晚上8点过。

见了保，清子赶紧告诉他：

"昨天的这个时候，泽田来了。他可生气了，还说这次一定要找警察来处理什么的。你最好马上联系他。"

保一脸愁容。

"哦，知道了。"

他并不想开启这个话题，一副精疲力尽的样子。

2

家住川口市幸町3-××，经营银座第一钟表店的泽田信三，就他与保之间的借贷关系陈述如下。

大概在1963年1月下旬，当时我与上野御徒町的松屋钟表店有业务往来。小原是那里的修理工。

好像是1月20日前后的事。我收到松屋的订单，给松屋送去大概10只或是一打手表。都是同一型号，14型金色。价格在六七万日元。我所说的价格是批发价。到达松屋的时候，松屋的老板不在，我交给小原就回来了。

大概3天后，我在松屋听说，小原说头痛，没来上班。松屋的老板说没有收到货。

"东西不是我亲手接的，我可没有责任。"

我想我只能自己找到小原，于是，从松屋问了他的住址，去三轮的丰庄找他。

可是，去了几趟，好像小原一直没回丰庄。

然后，我多方打听，得知小原在三轮公园附近的松本钟表店旁的酒馆喝酒，我到处找那个酒馆，最后找到了一家叫"清香"的店。

在这个清香，我抓到小原，他是这样说的。

"手表我已经卖了。这事我负责,你把表卖给我。我有钱马上给你。"经过协商,我们约定小原付给我 6.5 万日元。

但是,后来小原一分钱都没给我,我气不过,每 3 天就去找他催一次债。

小原每次都不在丰庄,要逮着他必须去清香,而且一定要晚上 10 点以后他才会露面。

每次催他,他只说"再等等"。一来二往,我发现他跟清香的女老板成田的关系不一般。于是,我把小原私吞手表的事也告诉了成田,放下话,如果他不拿出诚意,我就报警。

好像是在 1963 年 2 月,我反复找小原催债的时候,有一次在丰庄撞见他正在打包行李。

我怕他赖账跑掉,赶紧找荒川警察署咨询。

警察听我讲了情况,说判断不了属于民事案件还是刑事案件。警察还说,不能只听我单方面的描述,需要松屋的老板也来一趟什么的。最后,警察说:

"你让松屋的老板找小原谈谈。如果谈不拢,你再来。"

于是,我从警察局出来后,和松屋的老板一起去清香,把小原带到一家好像叫"绿"的咖啡厅,三个人一起谈。

小原说:"其实,我今天把公寓退了,要搬去山谷的旅馆。我还在卖血,身上一分钱也没有。"

见他不会给我钱,我说:"那就带你去警察局。"

"我只拿得出 3000 日元,通融下吧。"

于是,我收了小原 3000 日元,作为他欠款的一部分。

这 3000 日元是小原找住在清香后面的一个年轻男人借的。他原本找清香的女老板借,但她没给。

那以后,我再怎么催余款,小原都给不出来。我想,应该找权威人士见证我跟小原的约定。于是，大概在1963年3月8日，我把小原带到我在川口的家里，打算再带他去川口的警察局。在家门口碰见一辆警车，正好里面坐着我认识的高桥警官。于是，我便请他作为见证人，到我家坐了坐。

高桥怀疑小原居无定所，对他进行了盘问。小原拿出成田清子的私章，称现住位于芝白金三光町的弟弟小原满家里。

"我马上要到新宿的松田钟表店工作，所以带上了私章。成田这么信任我，再加上我也有了松田钟表店的工作，我是不会逃也不会躲的。"

关于欠债，他说：

"在松田钟表店正式上班后，可以预借1个月工资，所以，在3月15日之前可以预付1.5万日元。"

就这样，高桥他们回去了，我也达到了预期目的。

1963年3月15日，我不在家时，小原打来电话，讲了些理由，说拿不出钱。这本是约定好的事，于是，我当晚9点到10点之间去了清香。

我到后，小原出来，在大门口递给我1万日元。

"就这些了，通融一下。"

"开什么玩笑，不是说好了1.5万日元吗？!"我说。

小原又递给我一张5000日元。

"我只有这些钱了，但我再怎么也要留3000。"

于是，我还了他3000日元。

最终，到那天为止，6.5万日元，他还了1.5万，剩下5万，小原说"3月31日前一定还清"。

"到那天还不还的话，就让警察按刑事案件办了。"

我提醒了一句，就回家了。

1963年3月31日。那天是月末,我到各处收款,下午3点左右到家。刚一到家,我妻子便说:

"今天下午2点左右,小原打来电话,说刚把乡下的房子卖了,才回来。拿到现金还需要两三天,请不要找警察。再等两三天,一定还钱。"

我听了,冲着妻子大骂:

"混蛋!小原现在到底在哪儿?你给他个这么好的借口!真是没用,你要问清楚到底什么时候,在什么地方还钱!"

3

"10万"——在长达两个月的时间,这个数字在保的脑中挥之不去。

1963年3月27日,保从上野出发,准备拉上年纪最小的哥哥千代治,去求二姐音的丈夫大泽克巳借10万日元。他头上的行李架上,放着一包蜂蜜蛋糕和一包羊羹。

在上野站,当他向售货员示意要买的东西时,脑中浮现出千代治和克巳。至于两件分别送给谁,他不曾细想。总之,这是给二人的手信。

大哥义成很早便离家,在东京一家建筑公司工作。那是一家小公司,承接层层分包后的业务。义成在施工现场工作。可能他根本没时间听保的诉求,即便有,这个年长25岁的大哥,和保生活在同一屋檐下的日子几乎为零,就好比几乎没来往的两个人。保仅仅是出现在对方面前,都有些不好意思。

二哥弘二也是类似情形。他高小[1]一毕业便来到东京,现从事西服缝纫,但还没能力自己开店,只是在家接活,勉强度日。作为长子的义成尚有些家族观念,逢年过节曾邀约兄弟一同省亲,二哥弘二则不同,于保而言,他近乎外人。

千代治是与保年龄差距最小的哥哥。所谓差距最小，其实也大保 9 岁。这个哥哥也追随大哥二哥，虚岁 16 便离开了家。相当于保上小学后，千代治就已不在家。他先是住在茨城县大津港的一家水产批发店，战时当过海军，复员后又回到了水产店。

年老的末八逼着千代治继承家业是在 1951 年。老大和老二毫无接班的意思，老三早夭，所以轮到了老四千代治。

惨淡的家境，让几兄弟背井离乡。即便他们如今生活在城市的底层，也远胜于从前。所谓"家业"，其实并没什么可以继承的。

相反，从祖辈继承的血脉中，似乎潜藏着一种暗淡的宿命，时刻笼罩着他们。

或许，几兄弟避讳自己的老家，还源于内心深处的惧怕。这种惧怕，尽管不论走多远都无法消解，但置身于远方，至少能从梦魇般的记忆中获得片刻抽离。

末八的父亲，也就是保的祖父安三郎，本是邻村大里家的人。保年幼时，家族里有一位异常肥胖的老人，被村里人唤作白痴。保关于他的记忆，并不太清晰。

保清晰记得的，是祖父的妹妹龟婆婆。她总是穿着红色的和服，走路轻飘飘的。孩子们放学路上见了她，会纷纷捡石头扔她。保也多次加入他们，不过，那时他还不知道龟婆婆与自己是血亲。

也许是从父亲那里承袭了这样的血脉，保的大姐伊沙代常年说自己头痛。她的丈夫草刈正直是父亲姐姐的孩子，与伊沙代是表兄妹，他也常常被头痛折磨。两口子伴着头痛度日，读了大量精神病相关的专业书籍，草刈最终吐血

---

① 高等小学校，相当于现在的初中一、二年级。

而亡。

伯父伍助，一颗牙齿也没有。不是掉了，而是生来就没长过一颗牙。

按母亲丰的话讲："大里家的血统不好。"每每听了这话，末八都要回敬一句："你们家也一样。"

母亲有个堂姐叫苑，患有癫痫，因在地炉边上发病，身旁无人，给活活烧死了。

苑的长子荣造，背上背着孩子，将一瓶农药一饮而尽，一头栽倒在水坑里，自杀而亡。

在小地方，通婚圈过于狭窄。很多实例证明了小范围内通婚的弊端。这一点，在小原家及其亲属身上体现得尤为显著。

千代治娶了大泽克巳的妹妹咲绘。如前所述，千代治的姐姐音嫁给了克巳。

婚礼当晚，当着满堂亲友，新郎千代治突发惊厥。他生性胆小，容易兴奋。每每发病，他先是头痛，呼吸困难，据说就像被拽进噩梦一般。喜宴上，他发病，失去意识，昏倒在地。此事成为热门话题，被人津津乐道。

与此同时，义成在战时被降级的旧事也被人翻了出来——他将上级军官从二楼扔下一楼，被送上军事法庭，从中士贬为士兵。

不久，千代治夫妇有了女儿梅子。可是，这个孩子满周岁后仍没有张嘴说话的意思。她天生聋哑，而且还是重度智力发育不全。

梅子没法上学，夫妇二人只能把她留在家里。她已15岁，但仍旧无法独立生活。她的妹妹和子出生，却遭遇同样的命运。

"叫她没反应，敲地板她知道。"这是保对和子的描述。

这个只获得了触觉的孩子，在 4 岁的冬天，摔进地炉里，死了。

千代治夫妇唯一的希望是 8 岁的利昭。虽然智力发育稍迟缓，但可以上学，还是个男孩。

在兄弟姐妹中，保最亲近的是长他 3 岁的四姐常。常之后原本有个年，但年出生后不久夭折，所以，常便是离保最近的姐姐。常性格温和，冬天的上学路上，她总是把保的手放进自己裤子里，帮他取暖。

1949 年 3 月，她嫁到邻村。那时，保刚满 16 岁，为了日后自立，在仙台的宫城县身体障碍职业训练所钟表专业学习修理技术。

保 14 岁才从小学毕业，比普通孩子晚了两年。他先是住在石川町一家钟表店当学徒，大约半年后，那家人因患痢疾，把他送了回来。

不过，末八坚定地认为，保适合当钟表匠——坐着工作，符合保的身体条件，于是又将他送去训练所。

常出嫁不久，却又不得不回了娘家。因为流产导致她精神异常。

那时，保已结束训练所的培训，住在仙台市的钟表店里。他从家书中读到，一向心疼自己的姐姐正在接受电击治疗，痛心疾首。

噩耗频传。数次自杀未果后，常投井而亡。

家里没叫保回去，加之工作安排，他没有回家，留在仙台。夜里，他仿佛看见姐姐白色的双脚浮于绿色水草之中，黑色头发随波荡漾。保埋在被子里泣不成声。

所幸，葬礼结束后，保听说姐姐是被打捞上来后，在榻榻米上断的气，感到一丝慰藉。因为，他隐约觉着，要是死在水下，那姐姐的灵魂会永远浸在水里，无法升天。

保成年后也经常梦到常。梦中,她还是嫁人前的模样,令人怀念。

不过,也曾有一次,令他毛骨悚然。

那是保转到平市工作以后,休假省亲的一天夜里。因为和保久未见面,堂兄让专程来见,并且二人同寝。

深夜,保感到呼吸困难,睁眼,发现一名披头散发的女子压在自己身上,惊恐得说不出话。女子将他夹在腋下,准备从防雨木板的间隙飞向天空。保心想,必须马上叫人来救,终于喊出了声。

不过,他尚分不清自己是梦是醒。他试着用脚尖找让,让应该睡在自己旁边。

脚尖确实触到了什么东西。

"救命!"

保大叫。如果让是真实存在的,那掳走自己的女子也应该是真实的。闻声,让惊坐起,保这才从梦中醒来。

"咋了?"

他并没回答堂兄的问题。

保回过神来,觉得散发的女子就是常。他开始琢磨,她到底要带自己去哪里。

1963 年 3 月 27 日下午 2 时许,保在磐城石川站下车。刚好一辆巴士在站前停下,让带着孩子下车来。二人偶遇,便站着聊了几句。

坐上开往小野新町的巴士时,保已完全断了在老家筹钱的念头。

大约两年前,千代治投资 30 万日元养安哥拉兔。这个彻底的误判导致彻底的投资失败。帮忙收拾残局的,是克巳。

千代治为弥补亏空赴京，号称做管理员，入住中野区一所公寓，实则是在工地打工。又因不能长期不顾家，不到半年便回乡了。想必欠克巳的钱未能还清。

被债主泽田追着不放，无依无靠的保不得已踏上回乡之路。可是，他脚刚一落地，便想起哥哥的事来。他顿觉向克巳借钱一事，已十分渺茫。

保从开往小野新町的巴士下车，是在须釜口。他的家还需往前三站地。

他快步过马路，跑进附近的竹林躲起来。日落后，他沿着一条长4公里通往玉川村千五泽的山路，小心翼翼地往上走，以免被人看见。

保放弃筹钱的同时，也打消了回家看看的念头。

他本就不愿主动回家。因为早在7年前，欠千代治的一笔旧账，一直挂在他心上。

那段时期，保在仙台钟表店工作，两年后，因营养不良患胸膜炎回乡。

他上后山抓蝮蛇，喝蛇血，通过这类偏方在家疗养。此时，千代治因继承家业也回来了。

保没法再继续混日子，等病情好转便开始走街串巷给人修表。

不过，老家仅两间房，过于狭小。他在家住了两年后，通过行业报刊上的招工启事，入职位于平市的三幸百货店钟表部。虽说叫钟表部，实际上是个体经营，保吃住在老板上原博家中。

据上原讲，保刚开始工作时，服务态度好，工作认真；晚上不到处游逛，而是和小孩下下五子棋之类的。

他仅见过一次保大怒。那是在百货店的食堂。

"他就是个跛子嘛。我也说不清为什么，反正看着不爽。"

百货店的一名女职员背地里跟别的柜台的朋友聊天,被保听到。他将一整盘餐具举起,猛地砸到桌子上。

此后不久,保开始堕落。在上原看来,转折点是保开始出入红灯区。

尽管如此,保还是工作了两年左右,最后以工资低为理由辞职离开。

保欠的旧账,便是在他从平市回家后发生的。失业后,保向克巳借了1万日元。实际上,转交这笔钱的,是姐姐音。由此可见姐姐对他的宠爱。保并未还钱,便离开了家乡。

据说,千代治担下了这笔债,分期还给了克巳。此后,对于保而言,家门不那么好进了。

27日晚,保来到千五泽。他潜入铃木安藏家的丸子屋,焚火取暖。所谓丸子屋,是一间存放魔芋丸子的房子。

身体暖和后,保趁着余温未散,溜进铃木家码放的稻草堆里睡觉。

回到家乡的保,像一条野狗。作为手信带来的蜂蜜蛋糕和羊羹,成为他露宿的粮食早已下肚,他只能靠着农家屋檐下的地瓜干充饥。他还遭遇过无处安身的雨夜。

无功而返。保回到上野站时,不管是精神还是肉体,都已筋疲力竭。

4

"我说,整整一个星期,你跟人间蒸发了似的,到底去哪儿了啊?招呼也不打,不让人担心吗?"

4月3日夜,见保回来,清子忍不住发起牢骚。保辩解道。

"唉,倒了大霉。因为一只表,被横滨的警察抓起来了。他们怀疑是走私货。我说那是大泽送来修的,好不容易今天才把我放了。还拜托大泽当我的担保人接我出来。"

保所说的大泽,是克巳的弟弟秋芳,在东京都内的王子从事西服缝纫。

"你看你,尽到处闯祸添乱。"

清子刚开始数落保,松元勋突然来了。

他在清香所在的町开了家钟表店,大概一年前,保带他来过。此后,他成了这里的常客。

松元打断二人的谈话,尽管他比保小一岁,却用教训的口吻说道:

"你小子可别让老板娘担心!"

松元之所以说这话,是因为一件关于电话的事。

3月10日。保来到松元的店。

"清香的老板娘想卖电话,你替她作担保吧。"

"可是，老板娘是卖自己的电话吧？不需要担保人吧？"

"你不知道，这里面有点别的问题，她委托我来处理。"

的确，保把清子的私章、印鉴证明、委托函都带来了。

"那你作担保人不就行了吗？"

"我不行，我的章没注册。"

于是，第二天松元去了附近的荒川区政府第三派出所，领取印鉴证明后，连同私章一起交给了保。

松元与保相识，是在两年前的秋天。晚9点左右，有个穿青色西装，戴眼镜的人不经意走进店里。这身一本正经的打扮，让松元以为是铁路系统的工作人员。

保自称在阿美横和朋友一起开了家叫"松屋"的钟表店。他发牢骚道，既要销售又要修理，非常忙碌。

松元的店刚开不久，客人不多，他提议把修理的工作交给自己。保大方地点点头，走了。松元看着保的背影，方才注意到他的脚有问题。

那以后，保开始按照约定委托松元做事。两人有了交情，钱上面从没发生过矛盾。

所以，松元才相信他，把私章交给他。不过，事后他感到不安。于是，次日晨，他跑到清香打探情况。保不在，只有清子在。

"委托函？这我可不知道。你想，这电话是我刚装上的，怎么会卖掉。"

如清子所言，清香的电话是月初刚安装的。

松元回到店里后不久，保来还私章。他并不知早上的事，被松元质问，他解释道：

"说实话，我急需一笔钱。我用电话作担保，从当铺借了6.5万日元。你的章盖在借据上，作为担保人。对不起，我没跟你讲。请你相信我，除此之外，我没把它用在任何对不起你的事情上，这件事上，我也绝不会给你造成任何麻烦。"

为辨真假，松元让保带他去了那家店——山木当铺。确认属实，在回来的路上，保边走边将5张1000日元的钞票塞进松元的口袋。

"钱不多，是我的谢意，请收下。"

说这话时，保措辞礼貌，声音很小。

当晚，松元在清香一露面，清子便提前停止营业，把松元和吧台的保一起叫上二楼。

"这个人到处欠债，电话的事算一个。我觉得，不能一直这么拖着。正好借这次机会，当着松元先生的面，把这些事给说清楚。"

个头小小的清子，性格如同她白皙的脸庞一般温软。尽管不善于闲扯，但她待客有道，亲和力强，因此，松元才成了常客。这是他第一次领教清子严肃的一面。

为了不让客人察觉自己和保的关系，清子一直比较注意。所以，并没人知道保就住在店里的二楼。把松元叫上来商量，相当于向他坦白。可见，清子一个人实在拿不定主意。

松元问欠债的详情，保说出五六个人的名字，总共12万日元。

其中，有在阿美横开钟表店的朴鸿猷、朴世明兄弟。知道他们的日本姓氏"新井"的人更多。两兄弟曾到清香找保，威胁要把他的弯脚给掰直了。

他们店里没有钟表匠，若有客人来修表，便会委托给松屋钟表店，由此与保相识。

1962年春，哥哥将自己的30钻金边雷达表送到松屋修理。大概一周后，他又送来了客人的英纳格表。

一般情况，手表的修理一周足矣。可是，不管催促多少次，保只说"再等等"，不交出手表。

到了夏天，朴提出，如果没修好就不用修了，把表还来。而保却回答，弄丢了。当时的气氛极其紧张。

保提出赔偿，双方协商，两块表一共 2 万日元。然而，保却没有要付钱的意思，拖过了秋天。

朴强硬要求，年末必须给钱，保也答应了。

一眨眼，新年到了。1 月末，朴到松屋钟表店，从老板松内寿夫那里得知保不见了，大为恼火。

松内告诉他清香的所在。于是，晚上朴带着弟弟上门。

"喂，小原。老子说年末必须给钱，你他妈听不懂是不是？"

保被带到小巷里，在二人的威慑下瑟瑟发抖。阿美横是一帮没有背景没有地盘的人，从无到有打造出的消费区。在这里，你甚至可以用市面一半的价格买到进口的高档货。这意味着，部分商家以某种形式干着不法的勾当，这就是阿美横。

战败后，这条街上幸存下来的人所经历的残酷争斗，比战争好不了几分。朴兄弟便带着这种令人生畏的气势。

于保而言，与泽田的执拗相比，兄弟二人的催债，是另一番体验。

剩下的欠债，全是应付给旧货商的旧手表尾款。按照业内的惯例，尾款应该东西售出后再付，不过，这些钱着实拖欠太久。他的担心是，倘若泽田起诉，包括朴在内的其他债主可能会跟随。

当晚，三人商议的结论是，保尽快找到工作，将挣的工资全额交给清子，由清子安排还债。为确保遵守约定，保向清子写了保证书。

松元既然当了见证人，也把此事挂在了心上。

"有日子没见了，工作的事怎么样了？"

"我接下来要去趟横滨，有笔买卖，搞定之后，可以把欠的钱都还了。"

"到底是什么买卖？"

"走私表。"

清子插口道：

"可别干危险的事。真是的，现在已经让人睡不成一个好觉了。"

"不，不用担心，没你想的那么危险。500只表已经在横滨卸货，只需要运到东京，再调一下就行。两三天，钱就到手。这次赚得可不少噢。"

说着说着，原本一脸沉闷的保渐渐恢复到平日的样子，冲着对自己不放心的两人拍拍胸脯，留下一句"这两三天不回来"，便走出了店。

之后，保打电话到清香，是在5日晚10点左右。

我在上野一家旅馆的房间里，闭门调表。因为就一个人，进度比想象中慢。不过，估计再有两三天就差不多了——保自顾自说完上述内容，挂断电话。

第二天（6日）夜里，清子正准备结束营业时，保回来了。准确地讲，是7日凌晨。

"我正准备吃饭，你要不要一起？"

"不，我跟生意上的朋友在新桥喝了一杯，已经吃过了。我不用。"

清子不喝酒，所以对他人的酒气十分敏感。好像保身上并没有酒气。

"老板娘,这些钱先放你那儿。拿这些钱还债。"

保把20张1万日元递给吧台里面的清子。她把钱塞进围裙的口袋,晚饭后,上二楼,直接把钱放进儿童斗柜的小抽屉里。

当天下午1点左右,正在睡觉的清子被保叫醒。他说自己已经出了一趟门回来,约清子一起去赎电话。

清子把那20万放进串珠手提包里,二人一同前往山木当铺。不过,因为"逢七"① 休息。保提出去松屋钟表店还钱,他们又去了御徒町,这里也在休息。

接下来,按照清子的提议,二人决定去满的家里。

3月25日晚,泽田上门,威胁要报警。次日晨,不知如何是好的清子跑到满的家找满商量。清子觉得,保的弟弟一定也操了不少心,应该知会他一声,并且道个谢。

---

① 日本当铺有每月7日、17日、27日休息的传统。

5

那天下雨,工地停工,满一个人在家休息。妻子幸枝带着独女规子回日暮里的娘家,借住满家的弘二的次子铁次出门上班,尚未回来。

"不好意思,让你担心了。欠的钱全部都能还上。"

听保这么一说,再加上哥哥难得来一次,满打算喝两杯威士忌。因为家里没预备,他走向玄关,准备小跑去趟酒庄。

保跟上来,虽然近旁无人,他还是小声说道:

"其实是走私手表,挣了一笔。"

他竖起右手三根手指,在左胸轻敲了两三下。既然还债都没问题,想必不会是3万,而是挣了30万。

"我说,我的事不用担心。"

保刚打开话匣子,满留他在原地,跑入雨中,买回一瓶圆瓶托利斯,两人喝起来。酒过三巡,保来了兴致,渐渐说起大话来。

"从前是让你担心了。今后,我马上在御徒町开家店,轻轻松松挣个盆满钵满给你瞧瞧。"

豪言壮语满天飞。平日因不被满足而压抑在心底里的东西,经过酒精的浸泡,喷涌而出。

满却听着不快。

"也就是碰巧挣了点小钱,神气个啥。"

这成了导火索,两人吵起来,最终扭打在一起。满先动手,他右手扇了保左脸一巴掌,愤怒的保猛扑上去把满抱住。

清子原本安静地听他们互骂,见动手了,用她小小的身子把二人分开。

"满,请你住手。他这副身子骨,你打赢又有什么意思。"

满听了,突然说有事,往外走。保和清子也跟着出门,在大路上尴尬地分开。正往家走着,保说伞落下了——因为雨不知何时已经停了。清子让保回去取,自己在原地等,不过,久等不见保回来,于是,她也折回去看看。

铁次23岁,2月3日从航空自卫队退伍,刚刚开始在满家寄宿,在一家运输公司上班。

回到家,见家里一片昏暗,他觉得奇怪,到餐厅一看,见保趴在矮桌上,没有开灯,独自哭泣。

虽然没什么根据,但从满平时提起保的口气,铁次推测,两位叔叔之间闹了不愉快。正在此时,清子来了。

"我说,搞快点。跟泽田约好了7点的。"

保听后,起身,在矮桌上摊开一张钱。

"弘二哥不务正业,你别走他的弯路。这些零花钱,遇到难事的时候,拿去用。"

铁次从没收到过叔叔们给的零花钱。透过昏暗的光线,他觉得那张摊开的纸币可能是500日元。不过,大小不对。没想到,那竟是1万日元。

"不用,这个。我,我不用。"

铁次把钱攥在手里,去追往回走的保。保回头,从裤子右边的口袋里,将一叠对折的钞票露出三分之一。

"拿着吧,没事。我这还有这么多。"

从厚度上看,大概有二三十张1万日元。然后,铁次把拿钱的手缩了回来。

晚上9点,满回到家。他去了附近一家简易旅馆找工友聊天,平复情绪。

"保叔留下来的。"

铁次把1万日元交给满。虽然借宿仅一个多月,但他看得出满的日子过得不易。

6

从那天起,连续几日,保要么叫债主上门,要么自己登门,马不停蹄地还债。这与之前躲债时的他判若两人。

借用证人的证词,好比一瓶墨水摔落,飞溅一地。四处还钱的保就像那个擦地的人,忙碌且专注,一心只想着把地擦干净。

此外,他对催债凶狠的债主表现出傲慢,对普通的债主表现出宽容。这两种态度,在他身上都不曾见到过。

第一个接到通知的是泽田信三。7日下午,泽田的妻子在川口的家中接到清子的电话。清子转达保的口信,请泽田7点到清香取钱。

泽田在外,给家中打电话时得知此事,来到清香已是9点过。保穿着新西装,坐在吧台最靠里的位置,正拿起酒壶斟酒。

泽田在一旁落座。保一改往日卑微的样子,措辞极不客气。

"钱比预计的要少,泽田,我要分两次付。"

"放屁。你再跟我扯,直接去警察局。"

"哎呀,你别那么激动,有客人在。这样吧,泽田。我去借钱还给你,利息你出,怎么样?"

"出多少？给个痛快话。"

"最少5个点。从里面扣。差不多吧。"

欠款还剩5万，保的意思是扣除2500日元。

如果能一次付清，不管是5个点还是一成，泽田都是愿意的。

"好，少收你5000。"

谈妥，保朝着吧台里的清子，扯开嗓子喊道：

"那就，老板娘，不好意思，钱从福岛过来，你帮我先垫付一下？"

按泽田的描述，接下来的情况如下。

于是，老板娘一改常态，得意洋洋地从腰带中取出一叠对折的1万日元钞票。

"多少来着？"边说边数，"5万够吗？"

然后，从里面抽出5张1万日元，递给小原。

小原又递给我。我收下后，找给他1张5000日元。

我估计成田当时手里有二十四五张1万日元。

那么多钱，让我觉得一头雾水。小原哪里需要去卖血过日子。

8日（次日）下午，保和清子来到松屋钟表店。

7日，二人曾从山木当铺转到松屋钟表店，但两家都没营业。今天，他们再次照同样的路线过来。

在这里，保很郑重。

按照松内的计算，保侵吞的货款与未支付的工资相抵，还差6000日元。此外，加上保擅自从店里拿走的表带2000，收8000日元即可。保拿出1万日元，收到2000日元零头。他又掏出一张1000日元。

"之前的事非常抱歉。以后，我想时不时从店里进货，这次，先买1箱表带。"

1箱表带3000日元。

二人走后，妻子鸟子嘟哝道：

"突然间，变得特别大方了呢。"

下午5点左右，保来到旧货商水谷松郎的店。这家店和松屋一样，也在阿美横。

"对不起，拖了太久，实在是抱歉。"

刚一进门，保便递上两张1万日元。

去年11月末，保从水谷的店里取走3块手表，货款1.5万日元一直未付。

约好年底最后一天支付，但保并未现身。开年后到松屋一问，老板告知水谷，保已离职。当水谷已开始淡忘这笔赊销的货款，当事人却毫无预兆地出现在眼前。

保接过找补的5000日元，从橱窗里挑了3块精工表。

"看上了不少，今天先要这些吧。多少钱？"

或许是因为还清了债务，放下了自卑，保今天的措辞不同于以往。这姑且不论，更让水谷感到惊讶的，从未在进货时现付的保，从后裤袋掏出一个崭新的对折式黑皮夹，正准备付款。并且，他本已不太抱希望的赊销货款，保也爽快地付清了。

水谷回答，7000日元。保打开钱包，先把里面的钞票全部取出，对折，然后把最上面一张1万日元递给水谷。

虽没注意面额，但钞票的厚度有1厘米。水谷估计，如果全是1万日元，估计有二三十万。

有一家旧货店叫"啥都有"，与清香同在荒川区荒川六丁目，老板叫中川清，也是清香的常客。4月以来，他第一次见到保，是在早些时候，7日下午。

当时中川正在看店，保带着清子一道来的。

"昨晚，小原回来了。他打算现在去趟松屋，打个招呼，顺便也打个商量，看能不能再回去上班。如果不行，他就把工具取回来，自己干。不管行不行，还是得去一趟。"

清子说得眉飞色舞，而中川有些不明所以。他猜想是电话的事解决了。

小原当了电话，清子请松元调解一事，在清香的常客里已然传开。

不过，保和清子深一层的关系鲜有人知。中川也不知情，他以为是清子饱经沧桑，懂得体恤，见保境遇惨淡，又没人帮衬，便帮他出出主意。的确，清子是个温和友善的人。

其实，中川前一晚在清香喝酒，甚为愉悦，直到凌晨1点才离开。

6日晚。那天是我儿子诚一郎入读区立第二瑞光小学的日子，所以我对那个日子有印象。晚上，我在家喝了两杯，后又一个人去了清香。

在那儿，我说起儿子上小学的事，成田特意烧了份鲷鱼。

"恭喜恭喜！今天进了鲷鱼，庆祝一下，我请客。"

我特别感动，也正因如此，4月6日的事印象特别深。

当晚，店里还有马渊，很年轻，是个瘸子，他经常来。开油漆店的小林。还有一两个客人，可能是他们带来的朋友。我记得，我们几个一起把清香那条鲷鱼戳来吃了。那条鱼大概有 20 厘米。

那晚没见到小原。

我心情特别好，不知不觉喝到凌晨 1 点左右才回家。

"昨晚，小原回来了。"清子这话，中川认为，小原应该是他离开之后回去的。

保站在清子身后，有点不好意思。他见天色不好，退到街上一试，发现飘起小雨。于是，他花 550 日元买了把西式折叠伞。当天下午，保折回满家取的，便是这把伞。

付完钱，保低下头说：

"今后我会好好努力的，请多关照。"

保再次来到"啥都有"，是两天后的 9 日。

他在中川面前打开一只崭新的黑色塑料包，里面有大概 20 只手表，每只都用小盒子包装好。

"怎么了？"

"我找到一位赞助商，给我提供了大量的钱和货。"

接着，保向中川推荐起手表。

"什么时候付款都行，多进一些吧。"

中川选了 3 块二手表，共计 13500 日元。

"现在手头有点紧……"

中川边说边递出 3500 日元。保极为大方地说：

"没事，没事，都有手头紧的时候。"

不久后，中川到清香喝酒，遇到保。保一边一个人喝酒，一边跟吧台里的清子说着关于钱的事。

"那笔钱，你可不许动。"

见中川来了，保没有继续说下去。清子没有作声，只是点了点头。

此时,中川生出一个念头,近来保混得不错,可向他借些钱来周转。

"我最近想进一笔大单,如果你有闲钱,能不能借我一点?"

"时间久了不行,短期还可以。需要多少?"

"有二三十就太感谢了。"

"哦,就那么点。那点钱随时都可以。需要的时候招呼一声。"

保用的是认真的语气,而非玩笑或者夸张。

中川的盘算是,倘若利率低,把从保那里借来的钱原封不动存进银行,取得些信用也不错。

不过,他转念一想,也没有这个必要,便作罢了。但是,保的阔绰令他羡慕且印象深刻。

渡边胜巳是东上野二丁目一家旧货店的老板。10日晚8点左右,保突然造访。

去年11月前后,渡边曾以13000日元的卖价,将一枚镶钻的戒指交给保。虽然10天后他收到5000日元,但后来一直要不到尾款。不久后,保离开松屋,找不到人了。所以,此次登门,令渡边感到"突然"。

保付了尾款8000日元,还另买了4枚珍珠戒指,合计8000日元,现金支付。

大约10天后,保又来了。

这次,他说要珍珠项链。客户买来给三两姐妹,所以需要不止一条,而且要一样的。我给了4条同款的,每条4000日元。另外,还给了一两枚戒指。

金额2万日元整。他给了两张1万日元。

我听说小原好像很有钱,所以,我主动提出,你爱拿多少拿多少,东西赊给你。不过,他却说没现金了。

听说他有钱,是在他第一次来之后。松屋的老板以及上野的黑市上的人都在说,小原不仅在还债,还不停地进货,比如手表之类的。

如渡边所言,这个圈子里没有秘密,传言不管好与坏,都会像烟囱里的烟一样扩散出去。

也许是因为信用交易已成习惯。保奔走还债,并且采用现金支付这种少见的方式进货,想必就是在拼命地挽回自己的信用。

反过来讲,对于苟活于这个圈子里的保而言,10万日元的债务便已将他逼到了绝境。

朴鸿猷接到保的电话,是在8日或9日,具体日子他记不清了。

"有没有合适的店铺要卖的?"

保的话让朴想起一件旧事。那是在一年前,保找朴商量。

"我也是时候自己出来开家修表店了。市面上1坪①左右的店,大概多少钱?"

在朴的眼里,保欠着2万日元不还,还时不时想找他再借个千把块,这样的人能自己开店,简直是天方夜谭。

"五六十万吧。"

朴虽然给了个回答,但之后便将此事抛在脑后。

当时,那个价确实有店铺在售。保一定是想起了那次

---

① 1坪约3.3平方米。

对话。

"那时候是有，现在已经没了。这都哪年了。"

保认为朴是嫌他没钱，不想搭理他。

"钱我是有的。"

"如果有钱，是不是应该先还债呢？"

"我知道。两三天内，我再给你打电话。"

对话到此结束。

10日。未抱任何希望的朴接到保的电话，吃了一惊。这个一直躲躲藏藏的保，居然主动找上门了。

保让朴马上到一家叫"雅典娜"的咖啡厅来。朴心想真是稀奇，他到咖啡厅时，保已经到了。

"拖这么久，抱歉。"

保将两张1万日元放到桌上。他打开一个偏黑色的手提包。这个包朴从未见过，想必和中川注意到的那个包是同一个。

"有兴趣买表吗？"

保取出两三块表给朴看。都是新货，保从未兜售过的。朴手头不宽裕，拒绝了保。

自7日到10日的4天里，算上赎回清子的电话，保一共还了8笔债，达166500日元。

三

侦 查

1

　　1963年4月19日,下谷北署特别搜查指挥部对案件开始公开侦查,同月21日,搜查一课五号室11名警员加入后,警员规模达到172名。

　　几天前的13日,原文兵卫警视总监在新闻发布会上,罕见地对案犯喊话。

　　总监先是就案件发生以来未找到任何线索的现状表达"心痛"和"忧虑"。接着,他引用古语"恶其意,不恶其人",指出案犯或许正在思考交出人质的办法,劝说他"唤醒良知,鼓起勇气",尽快投案自首。

　　总监亲自向案犯喊话,这在警视厅的历史上闻所未闻。而且,这位总指挥官坦白侦查工作遇阻,将希望寄托在案犯的良心自觉上。

　　这岂不成了警方的自我否定?——连部内都产生了异议。因为,深植于警员们心中的"警视厅的威信",受到了严重的冲击。

　　彼时,品川汽车抓捕行动扑空的糗事尚未公之于众。原总监的心痛与忧虑其实另有所指。

　　大错已犯,早晚会公开,警视厅自然逃不过众人责难,然而,倘若先于此逮捕案犯,救回人质,所受的冲击便可减轻。比起"体面"与"威信",尽早破案才是警方的要务。

对案犯喊话,是一个赌局。案犯已经拿到赎金,达到目的,并且逃之夭夭。他的良心,或许有,或许无。所谓唤醒,只能说是一个飘渺的尝试。想让案犯冒着掉脑袋的危险,主动自首,无异于将最后一个筹码扔向轮盘赌,力挽狂澜的可能性,微乎其微。

最终,案犯没有自首。如果一直瞒住糗事,那么无论如何都看不到破案的希望。发动广大民众,才是打破僵局的唯一出路。19日,警方开始公开侦查,也公开了自身的失利。在新闻发布会上,玉村刑事部长发表如下讲话。

> 吉展案,报纸、广播等媒体以人命为重,自觉地管控报道,给予了我们巨大的支持。
>
> 在媒体的支持下,警方专注于对吉展的搜寻。不过,十分遗憾的是,尚未取得突破性进展。
>
> 案件发生已有18天,作为一起以牟利为目的的诱拐案,案犯已达到目的,却不交还儿童,此案不同寻常。
>
> 搜查指挥部推断,案犯男,东北(含关东北部)口音,40岁至50岁左右。
>
> 虽然在赎金交付过程中有过抓捕机会,但未能成功逮捕案犯,着实令人遗憾。接下来,我们将在大家的积极协助下开展强有力的侦查工作,为尽快实现吉展的平安归来和案件的解决而努力。

在这段公开讲话中,警方算是承认了放跑案犯的失误,表达了遗憾之意。

可是，在与媒体的沟通中，他们却将放跑案犯的责任引向受害者母亲。如前所述，这让部分媒体产生了误解。

警方其实也是迫不得已。这从另一个侧面证明，问答环节将他们逼入十万分的窘境。

关于品川汽车抓捕行动，一半以上的不利于警方的细节都未被报道。尽管如此，前所未有的严厉非难，仍排山倒海般涌向警视厅，涌向搜查指挥部。

有必要关注的是，这一时期，日本警察尚未确立处理牟利诱拐案的原则，侦查技术也十分稚嫩。最明显的例子，侦查的大方向从公开到非公开，再到公开，一再转变。

3月31日接到吉展失踪的报案后，向相邻各署发出搜寻失踪儿童的电报，这一步处置得当，但之后却掉了链子。尽管被害者家属主张吉展被诱拐，可警方却迟迟不放弃乐观的推断。直到4月2日接到案犯的勒索电话，才开始考虑牟利诱拐的可能。等到成立特别搜查指挥部，已经是5日了。

海外多国已启用的电话逆向追踪技术，我国却未使用。从与案犯通话的时间上看，倘若具备这项技术，抓捕的时机不可谓不多，但结果却是屡次坐失良机。就连电话录音这种简单操作，都是由被害者家属代劳的。

低级错误屡见不鲜。7日凌晨被拿走的赎金，早在4日就准备好了。他们脑子里只想到报纸，却忘记抄下纸币的号码，而这只是极其初级的侦查手段。

此外，交付赎金时，迟到的现场埋伏，也呈现出一种令人费解的笨拙。

被责难声包围的负责人，也许除了将问题转嫁给受害者一方，别无获得喘息的办法。不过，这是否会引发更猛烈的批判，则是他无暇思考的。

警方只剩下最后一个办法。那就是将案犯留下的唯一线索——电话录音——通过广播、电视公之于众，寻求全社会的协助。

不过，这将伴随巨大的风险。人质的性命掌握在案犯手中，而交织在案犯头顶上的电波，或许会激起他的杀心。从这个意义上讲，这好比最后的赌注。

可是，公开侦查要取得突破，已别无他法。24日，经过内部讨论，警视厅最高层做出决定，于次日（25日）通过所有广电媒体公开案犯的声音。

7日凌晨的通话之后，案犯与被害者家庭再无联系。从这一情况分析，公开录音会威胁人质安全的可能性是极低的。这是警方的依据。

警视厅默认，吉展已无生存的可能。如果判断失误，甚至即便判断正确，警方这一行动会引发多么剧烈的舆论海啸？然而，警视厅敢迈出这一步，明显已走投无路。而警方的走投无路，也将逼得案犯走投无路。比起可能性极低的人质的生还，警方将自身的威信押注在案犯的抓捕上。

在此之前，警视厅已向所辖91署乃至全国省级警务部门分发了录有案犯声音的唱片。并且，警察厅罕见地向全国发出紧急通告："听到此通告的全体警官，务必在民间人士的协助下，全力逮捕案犯。"

4月25日，从早5点的TBS广播电台、早7点20分的NHK综合电视台开始，案犯的声音通过所有广电媒体传播至大街小巷。

这一消息引发全国强烈关注。案犯镇定自若的语调，点燃人们新的怒火。民众的愤慨有了新的目标，从这个角度看，警视厅的赌注也是成功的。播送第一日，接到的举报信息达541条之多。

当日下午6点左右，爱宕警察署搜查股迎来一名访客。听到敲门声，一名刑警打开门。门外站着一名男子，称希望听一听诱拐犯的声音。

在场的杉本胜正警部辅将男子请进刑事室，开始播放唱片。男子始终保持沉默，听的过程中表情逐渐凝重。播放结束的那一刻，男子好似不由自主般说出两个字："很像。"

敏感的杉本从男子的语气中听出端倪，将其带到自己的办公室。

"看上去是想到什么了吧。我想你也知道，警察是会严格保密的，你大可放心。可以告诉我那个人的名字吗？"

"那个倒无所谓。"

男子的动作跟他讲的话并不一致，他抱着胳膊，闭眼，闭嘴。

"跟你是什么关系呢？"

"这个，怎么说呢。"

刚一开口，又沉默了。

"既然说是声音像，估计打过一两次交道吧？"

这位警部辅经验丰富。他开始委婉地套男子的话。

"嗯，对。不过，也就算个酒友吧。"

"叫什么名字？"

"那家伙叫五十岚。"

"他是做什么的？"

"这个嘛，我倒是没问过。"

"和这个五十岚常去的店是？"

"好多家呢。一下子说哪个酒馆……反正，有好多。"

"那是，没人会只去一家店。那，去得最多的是哪家？"

也许男子感到自己讲得太多，再次缄口不言。

"如果你不方便讲，我们会自己去调查，不给你添麻烦。不过，最好能告诉我们店的名字，一家两家都可以。"

男子不作声，杉本换了个问题。

"你说声音像他，能不能说具体点，哪里像？只是说像，但相似的声音太多了。会不会是你听错了？"

"不，绝对不会。'别玩小伎俩'是五十岚的口头禅，另外，'没错儿'说得也跟那家伙一模一样。我也是东北人，这个我不会听错的。"

"只有这些的话，还不能说他就是录音里那个人吧。"

"还有，那个。那家伙好像说过在御徒町上班，录音里说的什么上野站的银行、地铁入谷站、品川汽车，不都是他会经过的地儿吗？还有，新桥的赛马场，五十岚玩马票的。"

杉本判断，此人的信息相当可靠。

不过，男子并没讲清楚他和五十岚的关系，也没有正面回答酒馆的名字。就这样让他走了，信息是无用的。

"请告诉我，你的住址、姓名、职业和生日。"

杉本有意识地改变了语调，拿起笔。见状，男子调整了坐姿，说：

"没有五十岚这个人。我说的那个家伙，是我的哥哥，叫保。因为，他是自家人……"

2

满听到案犯的声音,是在自家的餐厅。对于本案,他并没有特别的关注。早上7点,他把电视调到NHK新闻。当听到电视里传出的声音的瞬间,他叫出了声。

"保哥!"

他转向围坐在餐桌边的幸枝和铁次。

"怎么样?像不像保哥?"

"这么一说,是有点像。"

"我也觉得像。"

二人并不像满那般确信。

"兄弟的声音,我不可能听错。"

确定之后,满感到不安。

当天,因为工作上没什么特别的事,他在家歇着。录音的事在脑中挥之不去。前后两个词之间,如同吸了口气一般短暂的停顿,正是保故作郑重时说话的特点。

尽管满不愿想起,但7日保来家里时,竖起三根手指拍胸脯的动作却浮现于眼前。还有,铁次给的那张大面额,也令他担心。

左思右想了一整天,满决意去警察局探个究竟。当时,他打算不管对方怎么问,也不说出保的名字,不过,警察没那么好对付。

走出爱宕署,满打算去清香,直接找保问清楚。

他在新桥地铁站的商店买下在售的各种晚报,乘前往南千住的车,在车厢里埋头研究案件相关的报道。

不出所料,保在清香。因为还有两名别的客人,满将哥哥叫到面向吧台右侧的角落里。

店内纵向狭长,吧台靠近入口处呈直角,这个角落应该是最舒服的位置。不过,满选择这里,是想避开旁人。

"我说,有你事吗?"

"啥事?"

保瞥了一眼报纸,没再作声。满担心被别的客人听到,话题就此打住。两人干了三壶酒,满跟清子告别后,把保叫到外面。

"我在电视上听了案犯的声音,跟你一模一样。另外,前几天,你好像搞到一大笔钱……你说,这事跟你有关系吗?"

"你觉着我干得出这事?跟我没关系。"

"那上个月底开始,你出去一个星期,干嘛了?"

"我说了,走私的事,被警察抓了。"

"哪个警察,我去问问。"

"横滨的,叫山下。"

若果真如此,事情就简单了。满当晚赶回爱宕署,杉本警部辅已回家,别的刑警接待了他。

"能不能帮忙查一下,一个叫小原保的人,是不是被横滨的山下警官抓过。"

"横滨没这个人。"

满听后,借用警署的电话,打到清香追问保。

"你尽说瞎话。我问了警察,说没有山下这么个人。"

"那就是南警官。"

横滨也没有叫南的警察。满再次打过去,保又说是山手警署。

爱宕署的刑警询问了山手署,并无此人。因为提到走私,稳妥起见,他又向水上署确认,也没有相关案件。

此后,满去了南多摩郡多摩町第一小学的建筑工地,因为每天住在那里,暂时没有追问保的机会。

同一天(25日)早上8点左右,钟表商泽田信三在自己位于川口的家中,尚未起床。

"嗯?孩子爸,这声音,好耳熟。"

妻子顺子听着枕边的收音机,摇了摇泽田的肩头。泽田半梦半醒,顺子接着说道:

"吉展案案犯的声音。你听,电话录音。"

说着,电台的新闻结束。泽田起床后,让妻子换到其他台的新闻。这次从头开始听,泽田也觉得耳熟。

"啊,这个,像谁来着?"

泽田点燃一支烟。妻子说:

"是不是,上次请高桥警官来做个见证,那个松屋的钟表匠?"

"噢,小原。"

泽田让顺子从衣柜里西服的内侧口袋中,取来笔记本。他想确认下,从保那里收到钱是哪一天。

笔记本记录着,4月7日收到小原4.5万日元。案犯拿到赎金,正是7日凌晨。

有此铺垫,再听广播,案犯的说话方式愈发让泽田想到保。"没错儿"以及表示强调时在句末提高声调的特点,越听越觉得,那就是保。

8点半，顾不上吃早饭，泽田跑到川口署。

松内寿夫听到案犯的声音，是在25日晚8点左右，他从自己经营的松屋钟表店回到北区泷野川的家后不久。
"真像小原的哥哥啊！"
看完电视，松内对妻子鸟子说。
所谓哥哥，指的是千代治。他养安哥拉兔失败后，因在乡下呆不下去，来东京打了一段时间工。当时，他有几次到店里找保，跟松内算是相识。
当晚，松内通过电视，又听了一次案犯的声音。
"不对，这是小原。"
妻子的看法一致。
"对呀，是小原。不是他哥。"
次日傍晚，朴来到店里，对松内夫妇说：
"听了没？"
"嗯。"
"哎呀，吓了我一跳。那是小原啊。"
"我们也说到这事来着。"
"长远考虑，我看你还是得报个警。"
听了朴的话，松内去了上野署车坂派出所。为了听唱片确认声音，值勤的巡查把他带到署里。
次日，鸟子召集同行，总共6人前往上野署。因为，前一日，刑事课警员听松内讲，阿美横流传小原就是案犯的传言，于是请他带些认识保的人来。6人听了唱片，结论一致。
"嗯呐""那啥""不有个"，这些措辞简直跟保一模一样。他们也提到了"没错儿"这个明显的相似点。
鸟子还提到如下3个相似的特征：语尾声调升高，软绵绵地断掉；准备说什么时，或者转到下一句之前，像在思考什么一般，留出明显的间隙；一句话说到一半，词与词之间不停顿，而是把前词的词尾拖长。"

警员貌似不太感兴趣。

"该男子的声音在40岁以上，说不定已经过了50岁。你说的小原，就算说话方式相似，但才30岁。怎么能说他就是案犯呢？"

"不会的。你看我44岁，女儿21岁，时不时在电话里还被搞错呢。我觉得，只凭电话判断不了年龄的。"

鸟子没能说服警员，走出警署的门。

3

比起周遭，成田清子知道诱拐案件要稍晚些。

因为不识字，没订报纸。店里虽有电视，但生意做得晚，醒来先去澡堂，回来差不多又到了备菜的时间，于她而言，难能有悠闲看电视的时间。

4月19日，清子照例午后起床，对案件一无所知的她，跟着保到上野办事。二人奢侈一把，叫了出租车。当车沿着昭和大道从入谷方向驶过品川汽车，只见马路对面停满了车，车上插着报社、电视台的旗子。

当天，警方转向公开侦查，媒体蜂拥而来。

"哎呀，怎么了？"

清子自言自语，司机接了话茬。

"警察干的好事儿。钱被拿走了，孩子没送回来。祸不单行啊，这家人。"

他简略讲了诱拐案件的经过。

"你瞧，出了这么大的事。"

清子将目光从车窗外乱哄哄的景象收回，转过头对保说。而刚刚还大声讲着话的保，突然闭上眼，倚着靠背，没有回应。

在清子眼里，保并非乖僻之人。若要按开朗还是沉闷划分，清子的回答可能反而是前者。

虽不是话痨，但也不疏远旁人，和谁都聊得来。在没怎么上过学的人中，算得上语言丰富，话题广泛的。他在客人当中，小有人气。常客们进店，几乎都会向清子问上一句，小原呢？酒量好，没见过他酩酊大醉，酒品也好。

仅有一次，发生过这样的事。

不知是何起因，保在店里喝酒时，与一行四人的年轻男子起了争执。当时，他抄起一个啤酒瓶追了出去。

中川想到保的身体，旋即跟了出去，追到铁路道口，没见着保，便折返回来。

那四人与保没做进一步纠缠，保也很快回来了。不过，保当时敏捷的身手和此前未曾显露的好胜心，一时间成为客人们热议的话题。

在客人之中，中川对保怀有格外的好意。因为，保很疼爱他的长子诚一郎。保向来自称喜欢孩子，在中川看来，保的确擅于陪孩子玩耍，懂得如何抓住孩子的心。

不仅是陪诚一郎聊天，还帮他组装飞机模型，手巧，且不厌其烦。所以，但凡保在中川家，这孩子便左一个"小原叔"，右一个"小原叔"，围着保转。

4月9日，保到中川店里卖表时，为庆祝诚一郎入学，特意送他一个价格不菲的自动卷笔刀，估计值1000日元。

如此细心，也用在了清子身上。所以，尽管他在钱的方面让人不省心，但清子依然被他的体贴所吸引，生平第一次有了结婚的念头。因此，她才会想办法帮他从债务中脱身，甚至让保写下保证书。

整天被泽田、朴催债，保在客人面前也总是一脸沉闷。

不过，自从走私手表赚了一大笔，他逢人便说"今后我会好好干的"，变得积极起来。

他曾在枕边，跟清子讲起自己开店的梦想。彼时，清子虽然嘴上没说，但心里甚至打算，干脆把清香转手卖掉，将换来的钱作为保的启动资金。

　　另一方面，她也留意到一些不寻常。明明日子好起来，保却常常表现出失落。

　　在客人面前，他还是那个开朗的"小原"，时不时邀清子三弦伴奏，来一段保留曲目《斋太郎节》。然而，关店后，当清子收拾妥当上楼，却发现保躺在榻榻米上，仰望天花板发呆，竟没注意到清子来了。这样的情形已有过两三次。

　　清子猜想，也许是身体上的疲劳导致保状态不佳。

　　他对于性爱的强烈需求也陡然降低，近乎于零。多少个夜晚，清子曾想方设法拒绝，而近来却完全省去那些周折。对于身子骨孱弱的清子，是件好事，但太长时间不发生关系，着实有些不自然。

　　二人在一起之前，曾有过这样一件事。保在店里和常客小林幸男一起喝酒，他走嘴讲的一句话，让小林大为惊讶。

　　　　我忘记是什么时候的事了，当时我和小原在清香喝酒。他突然说：
　　　　"我想用三弦的弦捆住睾丸。"
　　　　我说，那可不行。他问，为什么？
　　　　"要遭报应。"我说。
　　　　我不清楚小原为什么说要捆住自己的睾丸，我想，他说那话，可能是因为自己残疾，被女性嫌弃，想干脆限制住自己的工具吧。
　　　　但是，也有可能他只是想在聊天时，制造个有趣的话题。不过，他当时说话的口气是非常认真的。

小原有点暴露癖。他曾经去完厕所，不扣裤子前面的扣子，故意露出来给人看。

清子听小林聊这些时并不在意，她和保同居后，才体会到，那句话也许是来自保内心的呼喊。这个新的伴侣，好像拿自己旺盛的性欲没有办法。清子不承想，竟会有人在被伴侣拒绝房事后，当着对方的面埋头自慰。

此时的保，在关灯后的黑暗中感到莫名的不安。他的手并未伸向清子，会不会让她感觉自己有心事？

不过，当他说出"回趟福岛吧"，气氛便缓和了。刚才的那点不安，似乎原本就不是什么大事。

5月12日，保和清子前往石川。此次回家，一是探望保病中的父亲末八，二是介绍清子。

这是二人第一次一起旅行，有些新婚旅行的味道。保一路畅快，直到他们抵达位于法昌段的老家。

末八趴在床上。保将几张1万日元放到他手里，让他攥住，然后从包里取出一台半导体收音机。身旁的家人并不知，一个半月前，保曾日隐于竹林，夜宿于稻堆，最终没有敲开家门，以一副流浪汉的狼狈相离开。

被家里人所环绕，保越发起了兴致。他打开新型半导体收音机的开关，一边宣讲使用方法，一边调节频率，当杂音中浮现出一个大致清晰的声音，他的滔滔不绝，停止了。那是诱拐犯的声音。

母亲丰说：

"东京有坏人。"

YUKAI 117

4

10天前的5月2日夜，文化放送编成局运行部的牛山实在下班途中，到他常去的中央线阿佐谷站前的咖啡店坐了坐。

他的工作，简单讲叫导播，提前整理好节目所需磁带，按顺序播放出去。换言之，就像指挥交通一样，是件累心的工作。

当天下雨，而且时间已晚。出了车站，虽然有片刻犹豫，他还是停下脚步，决定来杯咖啡作为一天的结束。

咖啡店很小，最多容纳六位客人。此刻，店里已有三位。两位分别是NHK和富士电视台的记者，另一位是钟表配件商人。都是常客，彼此面熟。当时，几人正在闲聊。

"话说，吉展案，我认识一个人，声音特像广播里放的案犯。"

钟表配件商角田彰光聊起这个话题时，牛山只把它当作街头巷尾的流言。不过，当角田提到男子在案件发生后手头突然变宽裕，男子聪明机灵等一项项佐证后，牛山逐渐认定，他就是案犯。

不过，当着其他公司两位同行的面，牛山不便显露自己的好奇，他一面佯装满不在意，一面打听出男子的姓名和工作地。

他将咖啡喝完,准备起身,发现拿杯子的手禁不住颤抖起来。他没想到,自己会如此兴奋。

(接下来就交给记者了。)

此刻,外面大雨倾盆。牛山冒雨奔向车站前的电话亭。

5月17日晚7点半,文化放送报道部社会组主笔伊藤登来到清香附近埋伏。

清香位于一栋两层的木质小楼。该楼被一分为二,清香在面对楼的右侧。从西向东穿过王子电车的无人铁路道口,在第一个路口左拐,右手边由近及远第三间便是清香。驻警视厅俱乐部的记者四方恒充将局里的车停在道口西侧,并在此守候。

清香前面的小巷向南连接三轮银座大道,大约500米处是王子电车终点站。在中间位置有一个儿童公园,警视厅俱乐部主笔泷昌弘藏身于此。

小原保返回清香有两条路,要么走道口,要么走终点站。

前一日中午,伊藤手持地图,到附近踩点。这一区域的密度极大,小街小巷密布如蛛网,在整个东京都也罕见。不过,只要控制住两条路,自己再盯住清香的正面,应该没有放跑保的道理。基于此,他定下了三人的潜伏位置。

然而,他选的潜伏地点却令自己有些头痛。在清香的斜对面是荒川制革厂,厂前正好停了一辆小卡车。伊藤隐蔽于车后,但他不得不忍受皮革的恶臭。

他所处的位置看不见厂子里面。这种工厂,有一个浅的水泥池,用来浸泡毛皮。动物油脂与化学药品混合产生的臭气,不习惯的人很难忍受。

此外，伊藤还面临一个大敌——不断发动进攻的蚊子。不便动弹的他，成了最受吸血昆虫喜爱的目标。

10点前后。来了两名男子，在巷子里来来回回，窥视清香内部。他们多半是报社的记者。伊藤躲在卡车后面，一面担心被他们撞见，一面忍受着恶臭与瘙痒。

12点过，清香的客人悉数离开。个子小小的清子伸手拉下门帘。然而，保依然不现身。

凌晨1点50分，伊藤和四方回到车里，打算稍作休息。

2点。二人正在抽烟，一名走路姿势异样的男子经过。伊藤条件反射地灭了烟。

男子走出20米开外，二人开始跟踪。穿过道口，走到十字路口前，男子突然纵身跃向右侧的屋檐下。貌似他觉察到有人跟踪。

保持警惕，靠近檐下，不见男子。继而跑向十字路口，往左看，没有人影。伊藤让四方守在清香前面，自己往右，也就是与清香相反的方向。他觉得男子一定是去了那边。

进入三轮银座大道，前行10米左右，左侧的屋檐下好像有人。就在前方四五米处的商店橱窗后，有个男人正用毛巾擦脸上的汗。

伊藤也贴着道路左侧，屏息，靠近。可是，男子不见了。原以为银座大道上的商店一家挨着一家，但男子刚才所在的商店与邻店之间，有一道宽两尺的缝隙。

虽说此地是银座，但这附近街灯稀疏，再加上天要下雨，夜空不明，视线不太清晰。

缝隙宽度仅容一人侧身通过。伊藤悄悄溜进去，见男子就在眼前3米处，双肩随着呼吸起伏。呼吸声异常急促。

不管怎样，最重要的是录音。如果把他激怒了，就录不成了。

（糟糕。）

伊藤顾虑之时，男子又消失了。

伊藤折回通往铁路道口的路，来到拐向清香的那个十字路口的东侧（甚五澡堂所在的路口），发现男子在前方一处屋檐下，距离自己大概三家店左右。他不停地擦汗，想必非常的紧张。

伊藤也是如此。他躲进视线死角，一边把手伸进外套的腋下部分擦汗，一边慢慢接近。

可是，他走到时男子已不在。一个腿有残疾的人，如何做到这般变幻莫测，来去无踪？他想到儿时读过的江户川乱步的《一寸法师》。

在近一个小时的时间里，伊藤跟着男子绕来绕去。接着，他把男子逼进了儿童公园的公共厕所里。正好泷埋伏于此。伊藤庆幸，这下终于可以来个前后夹击，但却不见泷的影子。

伊藤并非无所畏惧，只是职业素养勉强战胜了恐惧心。他拿出最后的勇气，走进公厕。

彼时，他已忘记害怕，内心充满一种不可名状的情绪。再一次，男子消失了。伊藤挨个打开小隔间的门，全部空着。

他愣神，走到外面，耳边响起刺耳的汽车鸣笛声。他原本停在局里的自己的车，突然出现在眼前，泷坐在驾驶室里。

原来，泷埋伏太久，过于疲劳，回到局里带武田过来增援。此时，四方跑了过来。

"小原刚刚进了清香！"

几人商议，除了"直捣黄龙"别无他法。

"谁冲进去？"

YUKAI 121

伊藤问。无响应。

"那我去。"

他们决定，伊藤进去后，若里面传出动静，剩下三人一起冲进去。

伊藤一下子打开清香的格子门，稍作停顿后迅速溜了进去。之所以停顿，是为了预防突如其来的攻击。还好，并未发生什么，只是遭遇保的一顿怒吼。

"他娘的，你们几个！为啥追着老子不放！老子到底干了啥？！"

店纵深大概4.5米，最里面是厨房。店里仅厨房上方悬挂的电灯泡亮着，发出仅相当于两支蜡烛的微光，近乎一片漆黑。

"不好意思，我们是文化放送的。"

接过名片，保的表情有所缓和。他先前把跟踪自己的伊藤当作了刑警。

伊藤闲谈几句，让保平复情绪，并瞅准时机，转入正题。

"您现在有嫌疑，为了证明清白，希望您能接受采访。"

"我觉得可以啊，你跟他们说说吧。"

清子从中说和，保点点头。

"这样的话，您从头开始讲讲情况吧。我也不是个不明事理的人。"

伊藤把立式话筒放在保的酒壶旁。放在地上的便携录音机的转盘开始缓缓转动。

"小原先生，您是什么时候知道自己被人怀疑的？"

"4月份吧，4月中旬吧。"

"当时，您什么心情？"

"当时想，这是哪门子事儿。这世上，说话口音一样的人多着呢。对那些事我一点印象都没有,也完全没在意。"

"听到电视、电台,有没有觉得,啊,这是哪个地方的人?"

"倒是听得出来,是东北的。"

"哪个县知道吗?"

"哪个县不清楚了。"

"听说您研究过这事……"

"比如我家乡福岛,茨城,还有栃木,还有东京周边,都有人那样说话。"

"说话方式和语气,您觉得他是什么样的人?"

"说到底,那个,作案的方法,那个,缜密这一点,应该教育程度很高吧……有这个可能,不过,受过良好教育的人,干出那么残忍的……我的意思是,还不能说残不残忍,还说不上是做了残忍的事。"

"受教育程度高的人,比如雅树①那次,还是个医生。有时候,受教育的人反而坏得很呢。这样看的话……"

"啊,哈哈。"(开心地笑)

"大概的年纪,有没有?比如估计多少岁,从声音上能听出来吗?"

"那个声音大概,很宽泛的,30 到 50,这个范围吧。"

"按照我的经验,很少有诱拐犯要求的赎金是 50 万日元的。在报纸上看到这个金额,您有没有觉得奇怪?"

"普通的、没钱的人看来,50 万也是一大笔钱吧。"

"小原先生在工作上,经常经手这种大额资金吗?"

"没有,没有。"

"跟松内先生聊,他说您手里厚厚的一沓 1 万日元,有

---

① 1960 年发生于东京的儿童诱拐案受害者。

几十张呢。"

"这个，几十张……哦，哦……我倒是没拿过那么多钱。对。两三万倒是有过。几十万，那个，我是说，他不会直接见过我的钱。他猜的吧？对，他猜的。我是说，做生意啊，有个窍门，不能让别人看到你的家底。说到底，就算你一分钱没有，也要装出有100万的样子，这才是做生意。"

"四五十万的资金，常从您手里过吧？"

"没有，没有，怎么可能。我这个，糊弄人的买卖。"

"另外，还有一个，您觉得，现在吉展还活着吗？咱们都是外行，就随便猜测猜测。"

"这个嘛，真是……说不好。"

"还真是。"

"那个……真是。不过，至今为止，那个，没、没、没找着，尸、尸、尸体……还，谁都，不知道。这样的话，我的看法是，说不定还能找到他。"

在与保的一问一答中，伊藤不禁想，打勒索电话的不是他，另有其人。因为声音听起来完全不同。接着，他向保提了个要求。

"很明显，案犯是捏着鼻子在说话。您能不能也同样试试？"

保并未表现出不乐意，而是老老实实捏住了鼻子。只不过，他就是不说话。在伊藤催促下，他出了声，但哼哼唧唧的，听不出是在讲话。

回去时，下起大雨。雨势堪称"滂沱"。伊藤在车里与部下讨论起来。

疑点有三。第一，他先说罪行"残忍"，突然语塞，改称"还说不上是做了残忍的事"。第二，对于钱的问题，回答不利落。吞吞吐吐之后，又变得能说会道，甚至聊起了生意经。这反而令前面的语迟显得突兀。

比起上述两点，围绕吉展安危的对话，更让人觉得不自然。被问到吉展是否还活着，保的反应近乎慌张。说"没找着""尸体"等词时，像一名口吃患者。

不过——伊藤转念想，或许保向来就有口吃的毛病。即便没这毛病，对于一个"外行"而言，突然被问到人质的问题，不知如何回答，说话结结巴巴，也在情理之中。最重要的是，他觉得保的声音跟案犯不符。

回到局里，已是凌晨3点半。伊藤不死心，拨了清香的电话。

刚才是面对面，不知在电话里，保的声音有何变化。所以，他起意打个电话，录下来细听。电话接通音持续响起，但没人应答。伊藤好几次准备挂断，但还是坚持了足足10分钟。

接听电话的清子，并未表现出不快。

"因为刚刚下起雨了。"

留下一句让人摸不着头脑的话后，清子去叫保。接下来的5分钟，伊藤在电话里没听见任何声音。

保的形象浮现于脑海。30岁的钟表匠人，乍看豁达，实则一直留心话题的走向。此刻，在伊藤不曾到过的清香二楼，面对接电话回来的年长10岁的伴侣，保或许一脸严肃，满心不快。保留给伊藤的印象是，反应迅速，思维敏捷。

伊藤借由打听一名跟案件毫无关联的旧货商，跟保聊了大概3分钟。

也许保因此感到舒畅，他向伊藤承诺，有事尽管找他，最后还慰问道：

"不容易，辛苦了。"

YUKAI　　125

5

文化放送采访过程中,一旁的清子回想起保的诸多举动。从品川汽车前经过,保突然默不作声,显得极不自然。在父亲枕边,收音机放出案犯声音的瞬间,保的惊慌也让人觉得异常。

不止于此。

录音公开后不久,有一次,三轮银座宣传电台的声音传上清香的二楼。仔细一听,是诱拐犯的声音。

"喂,你听,案犯的声音!"

一旁的保却转过身去,背向清子。

一个又一个细节,都让人起疑。

文化放送的记者走后,清子质问起保。

"你说,那20万日元,是不是不干净?如果是的话,连我也要遭殃。你跟我说实话。"

保没有正面回答,而是掰着手指,仔细讲述3月28日至4月3日期间,自己在横滨的警察局接受调查的情况。

清子内心是更愿意相信保的。所以,听保讲得如此细致,便相信他是因走私被抓了。

接着,保提了一个请求。

"那笔钱,就当作你从自己的存款里拿出来借我的吧。

为了减少麻烦,最好别告诉任何人那是我的钱。"

于是,清子决定缄口不言。

5月21日晨,上野警察署警员将保从清香带到署里,经过简单的讯问,将其逮捕。犯罪嫌疑是职务侵占。保从台东区上野六丁目的旧货商渡边慎吉处收到一只二手手表,一直未付货款,因而获罪。

4月7日以来,保专注于还债,这是唯一一笔未了的债务。一时疏忽,他漏掉了这笔钱。

仅凭一只手表,通常不至于被逮捕。很明显,逮捕另有原因。

在此之前,下谷北警察署特别搜查指挥部收到的关于保的罪犯指认,多达9件。

据此,负责情报搜集的机动搜查队员开展走访,获悉大量疑点。接着,指挥部的池谷、渡边小组接手侦查工作。

两名刑警也挖掘出诸多疑点。这名嫌疑人,在犯罪实施后手头突然变宽裕,十分了解周边环境,东北出身,声音与录音相符。

虽然没有与罪行相关的直接证据,但将他作为嫌疑人的条件是十分充足的。因此,警方发掘出职务侵占这个理由,让上野署对他实施逮捕,以便进一步调查。

根据前科记录,保曾于1956年5月10日,经须贺川简易法庭判决,获刑两年,在盛冈少年监狱服刑。罪名为盗窃。

之前一年,保两次在平市的简易法庭被宣判处以罚金。两次皆因无照明骑乘自行车,违反《道路交通管理法》。这估计是他最早的违法犯罪记录。

从平市的三幸百货店辞职后,保开始出入红灯区,学会了喝酒。

在家被视为累赘，在外没有朋友。对于保而言，与女人的来往，即便仅限于风月之地且出于金钱交换，也是难得的。

那种地方，不问客人出身与门第，也不会介意其身体残疾。一边是未曾被人笑脸相迎过的保，一边是毫无保留敞开怀抱的女人。在旁人看来，保堕落了。

然而，对于他本人而言，肉体上的快乐，加上支配时间、空间和人而产生的精神快感，着实令人满足。

喝酒亦如是。酩酊大醉后，世界不容旁人打扰，那是一片只属于自己的领地。

都说男人的沉沦，始于酗酒和美色。乍一想，保也未能免俗。不过，对于保而言，酒和女人或许有着更重要的意义。

1956年1月，失业后的保潜入须贺川市内的钟表店，偷走大约十块手表，部分卖给同乡的熟人，部分抵押给白河市内的酒馆。处理赃物期间，遭到警方盘问，他坦白了罪行。

作案当晚，雪地上留下的不规则脚印，成为他的铁证。

上野署讯问的重点，是保获取资金的渠道。保只说是走私手表挣的钱，对于详细经过，一概不谈。

"如果说了，会把我的兄弟拖下水。不管你们怎么问，我都不会讲的。"

不管怎么问，保只有这一句话。

关于诱拐案件当时的不在场证明，保提出，自己从3月27日至4月3日一直在老家。

通过福岛县警察本部向当地石川警察署求证，得到的回答是，有人说在 3 月 27 日见过其人，但之后的行踪不明。这名目击者就是堂兄让。这虽不构成完整的不在场证明，但回过老家的事实是明确的。

这段时间里，按照保的意思，清子向职务侵占的受害者渡边支付了 8000 日元，并拿到了和解协议。把和解协议送到东京地方检察厅，是 5 月 27 日。

清子独自一人，感到不安。于是，她约保的大哥义成在新桥会合，二人一起前往检察厅。

此时，她把保解释的自己在横滨被逮捕的事告诉了义成，但保要求她保密的 20 万日元的事，她并没有提起。

"所以，我觉得他跟吉展案没关系。"

义成对清子的话表示同意。

"老板娘你不是满嘴跑火车的人，你说的不会错的。"

从检察厅回来的路上，义成拉着清子去了满的家。

"就满一个人坚持说保就是案犯，老板娘，你把对我说的话，跟那家伙也说说。"

但是，清子的话，满一句也没听进去。

"那个混蛋，谎话连篇！被横滨的警察抓住是假的。你知道不，老板娘，前阵子我不是去你店里了吗？回家路上，我已经私底下全部查过了。那混蛋，编些警察的名字唬我，根本就没那些人。这次，上野警察那边我也去打听了，他说他回了石川但没进家门。家就在跟前，你说世上哪有人不回去的？没见过他这种混蛋。你再听听吉展案案犯的声音，再听一次，就知道肯定是他。老板娘，案犯就是那混蛋啊！"

清子沉默，满接着说起，4 月 7 日保和清子离开满家时，对着满竖起三个手指的事。听到这里，清子差点晕了过去。

那是在玄关，保用三根手指拍胸口给满看。当时满准备出去买威士忌，保追了上去。清子在餐厅，并不知情。

如果满说的是事实，加上自己保管的 20 万，那保总共有 50 万。这个数字跟案犯拿走的赎金岂不刚好吻合？

清子不敢继续把 20 万的事藏在心里，怯生生地讲起来。

"其实……"

听了她的坦白，义成和满第一次持相同意见。

"这么大的事，可不能瞒着，会惹大麻烦的。最好一五一十向警察交代。"

满说。义成也点点头。于是，清子下了决心，第二天早上去上野署。当晚，按照满的建议，清子留宿在他家。

晚上，电视台偶然放起案犯的声音。义成、满、幸枝、铁次都在客厅，还有很晚才到的千代治。

他收到满的电报，匆忙从石川赶来。

"肯定是那混蛋的声音。"

听了满的话，义成提出疑问。

"'伎俩'这种词，保用过吗？"

"啊，那个混蛋，虽然没读过多少书，这种词用得可溜了。"千代治插话道。

"不是保的声音吧。我总觉得不像，"义成说，"我平时没怎么跟他说话，说不好。"

满让铁次也讲讲。

"你觉得呢？"

"我觉得，好像没什么相似的地方。"

幸枝的意见和丈夫一致："就是保呀，这个声音。"

清子听着几兄弟的说话声，有一个强烈的感受。

他们几个血脉相连，彼此声音相仿，也有好多地方跟录音相似。不过，比起面前的三人，跟案犯声音最相似的，还是保。不是相似，简直是一模一样。

第二天（28日），清子在满的陪同下去上野署，向负责保的刑警报告了20万日元的事。

满被允许跟保见面，在刑警陪同下，他追问起哥哥来。

"你没被横滨的警察抓起来吧？其实是去了别的地方，对吧？瞒也瞒不住的，跟我说了吧。"

"就是回石川了。"

"住哪儿了？"

"木屋、稻草堆什么的……"

"然后，见家里人了吗？"

"不，没有。"

"有谁回了乡下连病床上的爹都不回去见一面的？！"

满接着问钱的出处。

"这个，亲兄弟也不能说。"

保不肯开口。

"如果吉展的事不是你干的，就算你搞的什么走私，我都做红小豆饭给你庆祝。只是这个钱怎么来的，你给我讲清楚。"

满不罢休，但保只是摇头。

当天下午，几兄弟还有清子，来到位于麻布霞町的义成家。

继前一日在满家聚会之后，他们又开起了"兄弟会议"。关于保很可能就是犯人的线索层出不穷。四人的谈话停不下来，尽管他们都清楚，不管如何讨论，他们都不可能拿出一个真正的结论来。

谈着谈着，义成的孩子们放学归来。一儿两女，最大的17岁，下面是15岁和13岁，都是让人不省心的年纪。他们聊的事，不是小孩子应该知道的。

　　义成的家和满家一样，都是租的小房子。讨论若要继续，必须换个地方。

　　他们结伴出发，向东穿过从目黑、天现寺方向通往青山三丁目、四谷四丁目的大道。左手边是青山墓地的南端。

　　兄弟三人和一名女性站在墓碑之中，继续着谈话。夕阳西沉，抄近路赶着回家的人们在这种地方见着人影，先是放慢脚步，打量一番后，又恢复原来的步子匆匆离去。

　　5月31日，晚饭后，临近就寝时分。在上野署留置场①第十号房，保小声地跟今里达司打商量。

　　"你不是明天就出去了吗，帮我带个话？"

　　今里时不时去弟弟的摩托车店帮忙，因为业务上的小纠纷，他带着一帮混子闯进对方店里，被警方以恐吓罪当场逮捕。走完略式诉讼程序，他将于次日（6月1日）被释放。

　　留置场里所有人都知道，保涉嫌的罪名不是职务侵占这种小事，而是诱拐。因为他们从看守和刑警的谈话中听出了端倪。

　　大概3天前，今里等同屋三人，半开玩笑地问保：

　　"兄弟，看不出来，你来头不小啊。听说你把吉展给做了？"

　　保拍了拍右脚踝，笑笑，说：

　　"你觉着，我这身板，干得了那事吗？"

　　保这么一说，今里也感到，这个身长五尺②左右，腿有残疾的男人，恐怕干不出那种事。而且，他被捕前多次听

---

① 由警察署管理的看守所。
② 约151.5厘米。

到过案犯的声音，应该比保年纪更大。同屋的人继续追问，遭保否定后，不再有下文。

然而，侦查员们对保的怀疑尚未解除。

10天拘留结束，应该释放的当天，警方决定对保再延长拘留10天——这便是最明显的证明。保原本指望着这天，得知要延长，便开始在洗脱诱拐罪名上动脑筋，拜托同屋的人传话。

今里出去后，按照保给的电话号码，打给义成。

"你如果帮了忙，我送你一块表，欧米茄或者万国，你随便选。"

今里看上了保约定的酬劳。从拿到酬劳的角度讲，他也必须把保的话带给义成，让保能够出来。

保希望义成帮忙圆谎。

受到警方质疑的20万日元，保准备说成是请义成分销的21块沃尔瑟姆手表的货款，让义成在接受警方调查时保持口径一致。

次日（2日）上午10点，在上野站前的东咖啡厅，今里一眼便认出了义成。如果让保老两轮，再在肚子上贴些赘肉，便是义成了。

"我这个外行，怎么可能搞起手表的分销？这种借口，警察一查就知道了。"

义成满脑子想的都是保，不觉中语气强硬起来。等意识到眼前这个男人只是帮保带个话，他突然露出为难的表情。

"我啊，也是在正经公司上班的人，还有老婆孩子，哪干得了这种危险的事啊。"

6

6月10日,延长拘留到期。因检方做出不起诉决定,保从上野署释放。

虽然钱的出处、不在场证明都缺乏佐证,但指挥部认为他的嫌疑很小,停止了侦查。

首先,警方判断,腿部残疾的他应该无法从夺取赎金的第二现场迅速逃跑。

其次,案件发生以来,尽管警方反复走访,但仍未能在诱拐现场附近找到目击证人。倘若保就是案犯,以他特有的行走方式,不至于不被任何人所察觉。这一点更加降低了他的嫌疑。

关于声音,指挥部的结论是,难以确认保与案犯具有共同点。

再加上保的年龄30岁,与警方推测的40岁以上不符。

石川的并不充分的不在场证明,或许对于上述判断或者说推测产生了正面影响。

从整体上讲,指挥部作出的推论跟保在留置场的室友所作的,没什么区别。

保获释两天后的6月12日,末八去世。葬礼定于14日举行。保回乡奔丧。等待他的，是远比警察更严酷的亲人的盘问。

盘问就发生在父亲的遗体前。

"我是清白的。"

保边说边跑了过来。义成、千代治、满、伊沙代、音等兄弟姐妹将他围住。带头声讨的，依然是满。

保干脆地否定了诱拐之事。

"绝对跟我无关，我在爹的灵前发誓。"

满不罢休，千代治劝解道：

"警察那样子查，都把他放出来了，算了吧。应该就像他自己说的，跟他没关系。"

事情暂且平息。

两日后，葬礼当天。满找机会把保叫到一边，又开始责问。

"之前你说，吉展案发生的时候，你回来了。你在哪儿过夜的？"

保指着院子里的仓库说：

"从那儿拿了冻饼，到后山吃了，睡地里。"

所谓冻饼，是把刚捣好的年糕包进竹皮，用稻草捆住，吊起来。长久以来，当地人用这种冷冻的方法保存食物。

大米歉收的时候，用红薯替代。因为有甜味，也有人更喜欢红薯做的冻饼。

"好，如果是吃了冻饼，总该剩了皮儿吧？"

满拽着保，让他带路上后山。

"根本就没有吃剩的皮儿啊。你在哪儿睡的？"

找不到了，保说。

"有些日子了，已经不见了吧。"

快到出殡的时间，二人下了山。转眼，又到日落时分。

YUKAI 135

满仍旧揪住保不放，保气不过，把话顶了回去。

"你老把'担心''担心'挂在嘴上，我拜托你担心了吗？别随随便便操别人的心。"

满勃然变色。

保感觉到危险，冲出屋外，准备跑向后山。满轻松追上，把保拽倒在地上。满自述，因为自己的担心遭到嘲讽，怒不可遏，"扇了他五六巴掌"。

不过，在千代治的陈述中，情况更加严重。

满边追边喊："哥有问题，杀了他！"

千代治吓了一跳，赶忙沿着家旁的小斜坡追了上去。保被满掐住脖子，已经失去神志。

晚到一步的咲绘大喊：

"住手！你准备办两件丧事吗？"

在嫂嫂眼里，满已经失控，起了杀心。

千代治和咲绘架起浑身瘫软、只剩半条命的保，为了不让满再见着，把他送进了仓库。

第二天早上，他们悄悄让保回东京去了。当天是安放骨灰的日子，本该全家一同去寺里。千代治决定不让保参加。

从向警方报告到差点把保掐死，在对保穷追不舍的过程中，这个弟弟身上散发出一种近亲相恶的味道。

保刚一获释，末八便撒手人寰，只是巧合。

81岁的他，在一个多月前因中风倒下，他并不知晓保背负的重大嫌疑以及由此产生的兄弟纷争，走了。

回顾他坎坷的一生，这算是为数不多的一件幸事吧。

病倒后，末八几乎丧失了正常的大脑功能，不过，他把保和清子探病时给的那几张1万日元的钞票好好地收放在褥子下。虽然只有几张，但他常常取出来反复数。

每次见状，8岁的孙子总会大声嘲笑。

"爷爷又在数钱了！"

"看，又开始了！"

7

　　侦查工作进展迟缓，与之相对照的是社会对案件的关心空前高涨，民间团体相继提出希望协助侦查。

　　犯罪行为都是反社会的，而诱拐儿童这种最卑劣的罪行，激发了全社会的自卫意识。

　　首先站出来的全国性组织是拥有3万名会员的全国洗衣环境卫生同业会。接着是全国零售酒业组合中央会（会员12.8万名）和全国粮食事业协同组合联合会（会员4.5万名）。

　　因为推销员、配送员的存在，洗衣店、酒庄、米店是出入各个家庭最频繁的行业。此外，三个团体会员总数约有20万人，再加上家属、员工，足足超过70万人。他们提出通过所有这些人面向客户收集信息。

　　东京燃气、东京电力也积极响应，形成以抄表员、收费员等外勤员工为主的8000人协作机制。接着，东京都自来水局也效仿该做法。

　　东京都民生局向民生与儿童委员会发出协助请求，因为后者访问家庭机会较多，在都内拥有4400人。台东区政府印制带吉展照片的传单25万张，向区内所有住户发放。

　　东京青年会议所制作1万张海报，寄给全国220家青年会议所，呼吁1.3万名会员协助寻找吉展下落。

神田市场里的东光蔬果事业协同组合，在各加盟店前悬挂吉展的照片。

东京母之会联合会手持"请帮忙找到吉展"的标语，在浅草等平民区结队游行，发放了1万张传单。

荒川区南千住二丁目的肉店的通勤小巴士上悬挂写有"请放了吉展"的标语，在东京都内穿梭。

立教大学松下校长向案犯喊话："请把吉展交给我，我绝对不告诉警察。"

千叶县友纳知事对案犯喊话："如果在东京交还吉展有困难，请将他交还到千叶县的某个地方。"

邮政省通知全国1.5万家邮局及26万邮局员工，要求他们协助侦查。

这场民间发起的声势浩大的运动，从地方席卷至各中央部门。不仅成年人，就连中小学生都听过犯人的声音，见过人质的相貌。

案件报道后的一个月内，心力交瘁的母亲村越丰子收到350封慰问信。

岩手县一名女初中生在信中写道："在报纸上读到，吉展喜欢汽车，这是我用部分零花钱买的。"随信附一本关于车的绘本。福岛县薪炭商的妻子寄来一个小包裹，里面装着6个色彩缤纷的手鞠，"这是我利用工作和家务间隙缝制的。"

还有许多色彩艳丽的千纸鹤，对于已陷入绝望谷底的村越家而言，显得有些不合时宜。

尽管一家人并未因此就振作起来，但被素不相识的人们的善意所包围的感觉，是存在的。同时，在善意的缝隙里，也会有恶意的毒刺袭来。

YUKAI 139

春去夏来，夏去秋至，恶作剧电话毫无平息的迹象。每天三四次，次次搞得村越家心烦意乱。

10月8日上午10点半，一名男子打来电话。

"吉展在我这儿。准备好100万，我会再联系。"

之后，他又打来几次，讲不要报警之类的话。傍晚，他提出了具体的要求。

"晚上7点32分，在国电莺谷站坐京滨东北线南行列车，上最前面一节车厢。把100万放在行李架上森永制果的黄色包装纸上，在上野站下车。"

繁雄在侦查员的保护下行动，除了没预备真的钞票外，其他都按照对方的要求。可是，经过上野站，直到抵达终点樱木町站，始终没人去拿包裹。

当晚9点，男子打电话来责问。

"怎么有警察，你们不遵守约定可不好办啊。"

指挥部判断，该男子并非真正的案犯，未予理睬。

不过，次日（9日）上午8点35分，男子再次打来电话，内容如下。

"再给一次机会，30分钟后，把钱准备好。我的老板在农村发现倒在地上的吉展，收留了他。昨天，老板和吉展来了东京。他现在没事，不过，不拿钱，老板不会放人。"

指挥部联系浅草电话局，请他们在男子下一通来电时进行逆向追踪。

不知情的男子再次打来电话，这是自昨日上午算起的第11通电话。通过故意拖延，警方查到，男子位于大田区仲六乡一丁目国铁公寓前的公用电话亭。蒲田警察署按照指挥部命令，派巡逻警车到现场将男子抓获。

"我是在给莺谷的鸟店打电话。"

男子否认。当他得知逆向追踪的新技术后，承认了恐吓的事实。

政府在5天前的内阁会议上刚刚同意,"基于接听方的同意,有关部门为追查恐吓者而实施的逆向追踪,不属于侵犯通信秘密"。该男子是通过逆向追踪逮捕的第一人,鸭志田龙也这个名字被载入史册。

男子年仅23岁,原本掌管一家冲压工厂,因患胸部疾病在家疗养。其间,他将父亲苦心经营的家业挥霍一空,郁闷至极,通过恶作剧电话进行发泄。

逮捕后,警方查出他另一项罪行。他曾两次电话恐吓都市银行蒲田支行长:

"我要诱拐你那个上高中的长女,除非你给我300万。"

不止村越家,恐吓的矛头也指向了善意的第三者。

受到恐吓的,是福岛县郡山市安积外科医院一名20岁的护士。案件发生后的一年里,她与村越家的通信超过70封,持续为他们送去温暖的话语。

她把写有"请帮忙找到吉展"的纸片绑到气球上,将气球从医院的屋顶放飞,是1964年3月22日。

此事于次日经晨报报道,当天起,她开始接到恐吓电话。

25日,她买了吉展喜欢的汽车玩具到村越家探望。关于被恐吓一事,她并未提及。这是继去年6月之后,她第二次登门。

回来以后,恐吓电话愈演愈烈。或许是因为报纸报道了她的拜访。打电话的一直是同一男子,他声称:"你别再装什么好人了。"

4月9日夜,他转变话风:"拿钱来,我在医院门口等。"次日(10日)晨,他威胁道:"不听我的话,我放火把医院给烧了。"护士忍无可忍，跑去郡山警察署。

单纯的善意，有时也会令作为接受方的当事人感到不愉快。不恰当的表达方式，说不定还会令周遭的人感到不悦。

然而，恐吓者的目的似乎并不在于给予年轻女孩教诲。他所追求的恐怕是施虐的快感。

这种类型的恐吓者，置身于隐秘的空间，肆意折磨受害人，而后者只能选择承受。作为黑暗中的存在，恐吓者如同海中的发光昆虫一般，隐秘地向外释放出平日绝不显露的幽邃的残忍。

失去孙儿的杉，每当收到鼓励或慰问的信，都会问自己：

"如果有人遇到这样的事，我会给他写信吗？"

她切身感受到了人们的善意。

不过，她也领教到，这世上竟有人会棒打落水狗般地，将脚狠狠踏在本已崩溃的人的脊背上。这令杉痛彻心扉。

比如，拿着水枪的吉展从公厕消失之后不久，有人寄来匿名信。信的结尾写道：

"随便用公家的水，这就是报应。"

折磨村越家的，除了恐吓者，还有各种狂热的宗教信徒。他们蜂拥而至，络绎不绝。

其场面，借用杉的话讲，"东一个，西一个"。

作为受访的一方，村越家不可能把他们轰出去。抛开这个不说，邀请入教，主观上是善意的流露，纵然对于村越家而言只是平添困扰，但他们也只好以礼相待。

最难缠的，是势力较大的宗教团体。信徒们仗着人多，坐下来便不肯走。

他们分成许多组，攻势一浪接一浪。等到熬走了所有人，一家人方才如释重负。

最热心的游说者是一对母子。他们来了15天。

"我们的神，虽然知道的人不多，但得救的人不少。我本以为他们被骗了……"

只要拜一个月，吉展肯定能回来，她说。村越家终于妥协，以不入教为条件，答应下来。

这位鲜为人知的神，位于千叶县内。繁雄每天早上5点起床，开车载着杉和丰子二人——有时是其中一人——一天不漏地连续参拜了一个月。繁雄因要上班，所以必须早起。最后，他们收获的仅仅是因睡眠不足导致的精神和肉体上的疲劳而已。

村越一家成为案件受害者之后，才得知世上神佛之众。此外，他们还发现，原来有许多民众必须有所依赖才能活下去。

在给村越家添乱方面，算命先生、占卜师、祈祷师这一类人与信徒们不分伯仲。各种故事从全国各地涌来。

比如，有人说，新潟县十日町有一个无人祭拜的灵魂在作祟，只有去为其扫墓，吉展才能回来。

这种故事本可听之任之，但着实性命攸关，倘若不理会，心里始终要挂记。于是，家人们体会到人的软弱。

杉乘坐夜行列车前往十日町。当时是冬季，越后地区被白雪覆盖。杉走在越下越厚的积雪中，寻找所谓的无人祭拜的灵魂。

8

比这种神谕更让人困扰的，是可信度稍高一点的消息。案件发生 2 个多月后的 1963 年 6 月，村越家收到这样一封信。

初夏时节，新绿添增，微风和煦，谨致问候。您的儿子吉展过得很好。在宫城县的田村町还是村田町的山里（我觉得是仙南地区）。吉展在山里面，那儿可漂亮了。附近还有一所边远地区学校呢。冬天雪可大了。

案犯原来是当兵的。他带着吉展很快进了山，很难见得着。冬天，他会用个什么遮住（吉展的脸），带去上野，现在太暖和了。另外，大家都知道吉展的事呢。

那个人并不是个大恶人。没钱才那么干的。因为最好的光阴都被战争耗掉了。

现在，吉展被太阳晒黑了，身体可好了。那个人偶尔下山，来买点粮食什么的，所以很难遇见。估计这段时间又会出现。

不过，吉展活着，在宫城县一个边远的地方。最好请宫城县边远地区学校呼吁一下，通过有线电视播放出来。请相信，他就在宫城县的山里。一定会找到的。

从字体上看，这个署名手岛的寄信人，一定是男性。不过，他使用了女性用语，而且并不太熟练。按照常识，应该是个恶作剧。村越家并未理睬。

可是，7月，同一人物又寄来下面这封信。

您好，那之后，我想您一直在拼命寻找吉展的下落，我一个月前寄过一次信，还记得吗？您应该收到很多信，可能已经记不得了，我上次也说了，您家的吉展在宫城县的。柴田郡的村田町。在山里，在町的边界和郡的边界重合的地方，健康地活着呢。请相信我的话，去宫城县村田町找找。

您家只是在东京寻找吗？我也会给村田町的警察署写信。真的，去柴田郡找吧。我是很认真地在写这封信，您感受不到我的心情吗？（后略）

恶作剧往往只来一封信，很少会反复催促。而且，这次提示了更详细的地点。

指挥部虽然并未信以为真，但也不能置之不理，于是致函宫城县警察本部，得到的回答是，大河原警察署村田支署也收到来自同一人的类似信件。

7月10日晨，杉出发前往当地。支署长接待杉并安排一辆吉普车，陪着她把附近可疑的地方转了个遍。搜寻两天，毫无收获。对于杉而言，如果一定讲有什么收获的话，就是她亲眼见到，连大山中的贫瘠村子里，都贴满了吉展的海报。

截至1963年6月最后一天，在3个月时间内，总部收到包括上述信件在内的线索共约9500条，其中5540条指名了嫌犯。

这里面,不乏有人并非想协助破案,而是明显有意诽谤中伤他人。个体户举报同行,公司职员揭发同事、上司,想让对方惹上麻烦。

嫉妒、憎恶的对象不仅有外人,妻子针对丈夫,父亲针对儿子,哥哥针对弟弟等等,家人、亲人皆有涉及。

看着眼前的侦查报告,堀深感人性之恶。

从总体上对这些线索进行初步求证的工作,落到机动搜查队的肩上。

要在短时间内清理如此巨大的信息量,无异于跟时间赛跑。他们不得不削减自己的睡眠时间。

6月10日,留宿于饭田桥第二机动队宿舍的机动搜查队牛山胜雄警部辅突发脑溢血,于次日(11日)身亡。42岁,正值盛年,他的殉职令本就沉闷的侦查团队蒙上一抹暗色。

到了6月下旬,经过机动搜查队的努力,指名嫌犯的线索中,多达八成已排除嫌疑,剩下的全是不必理会的。仅有一人,指挥部认为有重大嫌疑,全力追踪其下落。

该人物浮出水面,起因于4月27日一名出租车司机的报案。他来到指挥部,称4月7日凌晨快到1点40分时,在品川汽车前拉了一名可疑的男子。

时间、地点都与案犯拿走赎金的情况一致。经进一步询问,当时的情况如下。

出租车沿着昭和大道,从上野站方向开往入谷。在品川汽车前,他见一中年女性招手,便将车靠左停下,开门。突然,一名男子抢先上车。男子态度强硬,司机只好载他。

"走,山谷!"

男子傲慢地命令道。他大约40至50岁,身穿藏青色皱巴巴的雨衣，头戴深色鸭舌帽，个头小。

男子在山谷的都电大道下车。乘车途中，他好像在摆弄一团报纸，发出沙沙的响声。

这是条令人振奋的线索。警方认为男子就是案犯，集中人手在山谷的简易旅馆街开展侦查。

不久，负责其他方面工作的侦查员在走访中获悉，在吉展失踪大约两周前，足立区千住关屋公园曾发生过诱拐幼儿未遂案件。

该幼儿名叫小山秀夫，家住足立区千住东町，是出租车司机小山保夫的长子，就读于关屋幼儿园。

日期并未明确，估计在3月15日至20日之间。时间大概在下午2点前后，正在关屋公园玩耍的秀夫刚一进入公共厕所，一名男子搭话："我带你去别的地方玩吧。"虽然秀夫拒绝，但男子强行拉着他走了约一百米，直到幼儿园门口。

一周或十天之后的上午8点半前后，秀夫骑上自行车，从家出发，准备到东武铁道牛田站迎接下班归来的父亲。公园中的男子半路出现，按住自行车后座说："咱们去东京塔吧。"

虽然秀夫两次都拒绝了男子，并未发生什么，但这条线索颇有价值。

据秀夫讲，男子是小个子，50岁上下，裤子上有洞。上下身勉强算是成套的牛皮色西装，帽子类似于鸭舌帽。

这一带虽然位于足立区，但就在隅田川北侧，从台东区北端的三轮过来，直线距离最多1.5公里。如果从入谷站乘坐地铁日比谷线向北走，经过三轮、南千住两站便到隅田川，过河后穿过千住关屋町、千住东町，第三站北千住站便到了。这里可连通国电常磐线。

YUKAI　　147

不仅是在山谷消失的男子，这名诱拐未遂犯应该也对入谷周遭比较熟悉。此外，根据证词，他们年纪、身高、穿着也有共同点。

指挥部假定二者就是同一人，在此基础上，将梅泽菊雄在入谷南公园目击的可疑男子与之进行对比。

这名少年一开始说男子的年龄大概30岁左右。指挥部找来几个人，有年长的，也有年轻的，让他们穿上跟男子类似的皱巴巴的雨衣，站在菊雄跟前。无论是年轻的还是年长的，菊雄的回答都是"嗯"。最终，男子的年龄无法确定。这样一来，抛开含糊不清的年龄问题，从身高以及脏兮兮的打扮来讲，入谷南公园的男子与前述二人是颇为相似的。

指挥部认为，在北千住、入谷、山谷的三点一线上，几乎在同一时期忽隐忽现的三人，很可能就是同一人。

按此推断，6月24日，千住地区的侦查员从12人增加到18人，加上入谷、山谷各地的18人，共有36名主力刑警投入到走访工作中。

可是，侦查工作并不顺利，最终未取得任何线索。

到了7月，指挥部回到原点，对村越家的人际关系和案发现场展开彻底调查，摆出持久战的态势。特别是在现场调查方面，将范围扩大到半径1公里，开展第二轮、第三轮走访。负责入谷南公园周边的一名刑警走访两千户，连1953年以后迁出的住户也逐一进行了调查。

9

另一方面，受警方委托，语言学者早已着手根据勒索电话录音，对案犯进行声音素描。

10月21日，东北大学文学部讲师鬼春人应报社记者要求，发表了部分研究。针对案犯的生长地，他大胆地提出"郡山以南说"，引发关注。

鬼的经历也十分引人注目。1932年，从哈尔滨日露协会学校结业，其后4年，在苏联、德国学习语言，入职满铁后，一边从事调查相关工作，一边向俄日两国员工教授对方语言。

1941年至1942年，陆军派他到东大文学部语言学专业当旁听生。1943年至1944年，他作为预备研究生专攻语言学，与此同时，自1943年起，他在东北大学文学部任讲师，开始教授俄语。

鬼的研究叫底层语言学，研究的是当某一语言（方言）集团的成员，因某种原因对一种新的语言（方言）进行二次习得时，会延续前者的习惯的问题。

通常认为，语言的习得期是三四岁至十三四岁。这一时期在某一地域掌握的语言习惯，即便受到二次、三次习得的语言词汇的影响，外形发生变化，但必定会在部分词汇、音韵中显现。

这一现象所有人都有体会。鬼从专业的角度，尝试对案犯的声音进行了分析。

他列出的案犯的生长地，是如下的三县十六郡。

> 福岛县：石川郡、岩濑郡、西白河郡
> 栃木县：那须郡、芳贺郡、盐谷郡、河内郡、上都贺郡
> 茨城县：西茨城郡、新治郡、真壁郡、筑波郡、结城郡、北相马郡、猿岛郡、东茨城郡

按照下述方法，他在这个大的范围里，对案犯的生长地进行了甄别。

案犯的声音属于东北方言，元音"i \ u \ e"含混不清。一般认为，东北、北关东、北海道以及出云、九州南部、琉球的部分地方有这一特点。

不过，犯人的发音，虽然词中、词尾的"ga"是鼻浊音，但"za \ da \ ba"却不顶入鼻腔。再加上长元音的短音化等特点，前述地区可进一步缩小至北关东和东北地区。

接着，青森、山形、秋田三县的日本海海岸可以排除，因为在这些地方，"ka""ga"被发作"kua""gua"，而案犯无此特点。

他有较强的元音无声化倾向，也就是类似耳语的特点。据此，可以排除青森和岩手北部的太平洋海岸。

从声调方面看，案犯属于所谓平板单型，不能区别同音异义语。这与秋田、山形、岩手、新潟、群马、埼玉、千叶等县的复型声调有着本质对立，这些区域也可排除。

如此一来，东北仅剩福岛一县，且西部汇津地区和太平洋海岸的滨通因词汇、音韵特殊，可进一步排除。

至于茨城、栃木，也有诸多细节，暂不展开。总之，按照上述排除法，得出了"郡山以南说"。

鬼通过分析案犯的声音和语言，推测其年龄在40到50岁之间，如果更精确些，估计从46到52岁。身体健壮，体重60到70公斤。

声音响亮有活力，没有气喘，没有痰音，也不空咳。鬼认为，由此可见肺活量大，身体经过锻炼。

从上述年龄、体格、健康状况推测，案犯的征兵体检应该是甲等。此外，他说话时惯用命令口吻，对同一语句的重复，类似军队里的复述，鬼推测他最终的等级大概是下士，与此相匹配的职业有警察、基层官员。

鬼的研究内容极为丰富，上述为部分内容。

在部内以及社会上，很多人都认为，案犯是在职或退休的警察。因为他谈吐镇定，有压迫感。勒索电话里使用的"小型汽车""卡扣"等生硬的词汇也支持这一推理。

事实上，在嫌疑人的名录中，浮现出许多操东北口音的从前的警察。侦查员跑到曾经指导过自己的前辈那里，询问过不在场证明的，不止一例两例。

"我说，你他妈的不会真在怀疑我吧？"

正因为是老警察，对于晚辈久违的登门拜访，很快便察觉出问题。因此暴跳如雷的老警察，也不止一人两人。

"开什么玩笑，要说东北话，你说得比老子更像案犯！"

"您这么一说，还真是。"

"恐怕你该查查你自己吧。"

"是。"

YUKAI 151

这样的事看似笑话，却真实发生了。

嫌疑人一大把，但没有一个像是真正的案犯。指挥部步履维艰，迎来案发一周年。彼时，指挥部已排查嫌疑人10215名，除去327名去向不明外，其余全部解除嫌疑。

去向不明的人中，有一人叫泉谷是好。他生于朝鲜，家住宫城县石卷市，1964年1月23日因在别的案件中涉嫌欺诈遭到通缉。

同年6月30日，宫城县仙台北警察署以涉嫌欺诈，将宫城县黑川郡大衡村不动产经营者李钟善逮捕。他在当年2月，目击了一起车祸。与他相识的宫城县柴田郡大河原町餐饮业经营者城岛竹的丈夫吉二在车祸中丧生。李伪造竹的委托书和印鉴，从保险公司冒领了50万日元赔偿金。

仙台北署搜查李钟善家时，发现一盒火柴、一张国铁乘车券和一张当票。

火柴盒上印有台东区松叶町美绿旅馆的名字。车票是1963年3月21日从上野站出发，当票是当天由台东区车坂的佐野屋当铺开具的，抵押物是欧米茄手表。

这三件物品的出现，让李有了诱拐吉展的嫌疑。

仙台北署经走访获悉，李于1963年4月对自家房子进行改造，向施工方支付了50万日元。

他让前妻住在这里，经营食品店，自己也时常过来帮忙。看来两人的感情不一般。

但另一方面，他在县里有两名情人，他往来于其间，时不时还抽空去东京。

警方追问他与诱拐案的关联，他的回答是，1962年到1963年初，以及1963年下半年到被逮捕前，自己确实去了东京，住在美绿旅馆，但事发当时并不在东京。他的陈述与车票、当票相矛盾。关于车票，他称自己有收集的爱好。关于当票，他未作回答。

这些疑点之外，还有一条线索，指出他与案件的关联。

1963年6月和7月，那两封以手岛的名义寄给村越家的信，正是出自他之手。

手岛这个姓氏并不普遍，在宫城县黑川郡较为多见。另外，两封信的邮戳属于该郡大和町吉冈邮局，而吉冈与大衡村接壤。

信中写道：

"那个人并不是个大恶人。没钱才那么干的。因为最好的光阴都被战争耗掉了。"

李14岁来到日本，在军队度过了最重要的时期。

7月24日，宫城县警方上报侦查情况，请警察厅刑事局给予指示。下谷北署的指挥部从刑事局接到该消息后，请宫城县负责此事的警员到东京，并决定于次日（25日）召开联合侦查会议。李自称泉谷（他的日本名），警方判断，他与1月指挥部通缉的泉谷，虽然住址不同，但应为同一人。

宫城县杉本警部、高桥警部辅的到来，给压抑已久的指挥部带来了活力。

位于合羽桥路口的美绿旅馆距离村越家仅200米。车坂的佐野屋当铺也在不远处。

李抵押欧米茄，借了1.7万日元，是在3月21日，也就是发生诱拐10天前。案件当时李资金上的窘迫可想而知。

在联合会议上，众人渐渐倾向于认为，这个继小原保之后的重大嫌疑人，就是真正的案犯。

仙台北署的侦查员们认为，李说话没有朝鲜语口音，跟案犯一模一样。只有鬼春人，在听完录音后当即否定。

他说，案犯的声调是单型，李是复型，毫无疑问二者不是同一人。

7月27日，指挥部动员全体侦查员（已缩减至33人）拿着李的照片，到台东区的旅馆调查，看他是否在案发时留下线索。

不过，这些都是徒劳。仙台北署同时进行调查并发现，诱拐当天，李在大衡村的家中，向几家老客户卖酒。销货台账上的他的笔记以及人们的证词证明，他的不在场证明成立。

希望越大，失望越大。

虽然说，戴着黑墨镜，看什么都像是黑色的，但站在指挥部的角度，李的情况实在太符合了。除他之外的326名去向不明者中，再也找不出满足这么多条件的人选。

这也意味着，警方的线索完全中断。1964年便这样结束了。

1965年3月11日，下谷北署特别搜查指挥部解散。指挥部成立以来，共发放海报或传单44.3万张、录音带400盒、唱片2.5万张，出动侦查员30067人次，两年间调查嫌疑人12137名。

高层安排由升任警部辅的堀隆次牵头，带着佐藤助雄、池田正夫、大和田胜3名部长刑警继续侦查。

此时，社会上第一次听到"FBI方式"这个新词。警方说明道，效仿美国联邦调查局采用的由少数专项探员开展犯罪侦查的方式，指定的4人，不管部内如何调动，将长期负责该案的调查。这就是"FBI方式"。

留下来的4人，都是从案件伊始便加入的成员。从这一点看，人选是妥当的。但在记者们的眼里，他们却只是替罪羊。

记者们的看法不无道理。本案在社会上引起了强烈反响,而警视厅却因低级错误放跑了案犯。如今,警视厅不敢正式宣布破不了案,而是拿4个人当牺牲品,名义上继续侦查,实则是想蒙混过关。

同一天早晨,村越家收到吉展的入学通知书。

10

留给堀隆次的时间,刚好一年。

警视厅有一条不成文的规定,年满 57 周岁后,应于 3 月 31 日退休。因此,1908 年出生的堀,必须在来年春天,离开他所熟悉的樱田门。

说起富山县仲新川郡水桥町,或许很多人不曾听说。堀就生长在那个偏远的乡村。因不愿继续务农,来到东京当上警视厅巡查,是在 1933 年。

堀警察生涯的起点是在大崎署大崎本町派出所。

任命不到一年,一天深夜,他正在站岗,附近咖啡厅一名女服务员赤脚跑过来,说一个提着日本刀的强盗冲上二楼,正在威胁老板娘。身在楼下的她,拼命逃了出来。

堀的搭档叫后藤,是一名快要退休的巡查。在通往咖啡厅二楼的楼梯上,堀让后藤走前面,自己在后面故意把佩刀弄得咔嚓作响。作为新手巡查,内心恐惧的他希望强盗听到响动,自己逃跑。

这一招奏效,强盗扔下日本刀,从一扇面朝大路开着的窗户翻了出去。

对方赤手空拳,已不必害怕。他们将强盗追进一个死胡同。不料,走投无路的强盗竟夺过后藤的佩刀,把老巡查砍成重伤。

淅淅沥沥的雨夜。堀回忆，也许是因为见到渗进水坑里的血水，被彻底激怒了，他完全不能理解自己下一个瞬间所采取的行动。

他扯掉上衣，脱下长靴，从腰间解下佩刀，大喊道：

"混蛋！来较量较量！"

"小毛孩，你他妈来啊！"

接着，二人怒目相向。堀感觉僵持了很久。

紧张至极，出乎意料的事发生了。强盗伸出双手。

"我怕了。把我抓起来吧。"

逮捕之后，堀才得知，对方有6次前科，在警察眼里是个非常棘手的人物。这样看来，他的落网倒显得有些平淡。堀觉得像是看了一场戏。

次日，堀在署长陪同下前往警视厅，被授予刑事部长奖。过了不到两个月，他被调往搜查一课。

当时的搜查一课（或许现在也如此）在部内是出了名的封闭社会。26岁的堀，被抛到一个想都未曾想过的新世界，之后8年，他都是这里最年轻的人。每天早上，他都早到一小时，用抹布擦地，等前辈们到齐了，又挨个给他们倒茶。

而今，堀已在一课干了30余年，头发白了，成了这里最资深的警察。

他手头有个B5大小的笔记本，里面浓缩着他的半辈子。每次着手一个案件，他都会用很小的字记录下侦查的大致经过。破案后，在末尾用红笔写下犯人的姓名。里面近乎全是杀人案，战后几乎所有重大案件他都曾介入。

杀人，或者，被人杀，世上没有比这个更异常的事情。而面对这样的异常正是堀的日常。笔记本记了一页又一页，他心中渐渐生出一个想法。

在他看来,所谓故意杀人,对于被害者而言,是"该来的来了",是"理所当然"的。堀所见过的太多案子,只能这样去解读。而且,当他说起那些,心情是向着杀人者一方的。

对于肩负着社会正义的侦查员而言,不得不说,这是一种逆反心理。

人们时常将侦查员比作猎犬。虽然宗旨有所不同,但追逐猎物而不杀死这一点,二者是共通的。一个不同点在于,对于已经逮住的猎物,或许侦查员更容易抱有同情。

人这个东西,不压迫别人是活不下去的。或许,罪犯正是在社会上被打压的弱者的代名词。

堀在搜查一课干了 30 年,如果谈收获,那就是产生了这样的想法。老实讲,他也有小小的悔意。

"也许,农民的儿子就该有农民儿子的样子,老老实实当农民才好。来到这样的世界,看了太多本不必看的面孔,看清了人是什么样子。"

事发伊始,堀怀疑过村越的家人,然而,现在的他却完全站在村越家一边。

这个或将成为堀收官之战的案子,绝对不是被害者招惹来的。单方面遭到打压,被逼得走投无路的,正是他们。

"吉展还活着吗?"

"绝对没事。交给我,放心吧。"

这样的空头支票,堀不知给过多少次。在吉展的至亲面前,他讲不出那个,令人绝望的结局。

切换到"FBI方式"后,侦查团队迎来了槙野勇刑事部长、津田武德搜查一课课长、武藤三男搜查一课第一代理等新干部。

新干部带来新干劲,堀等4名专项侦查员着手对尚未解除嫌疑的名单进行盘点。他们确信,案犯一定就在这些人当中。盘点结果,嫌疑最重的,是一个曾多次见过、谈论过的名字——小原保。

听了堀的报告,武藤代理当即决定,重启调查。

1965年5月7日,大和田部长刑警开始秘密地对保的关系网开展再次调查。家住北区王子本町二丁目,从事西服缝纫的大泽秋芳以前未被列为走访对象。这次,大和田从他那里获得了新线索。

前文提到过,秋芳是保的远亲,读小学时,比保高两个年级。

1963年4月3日,按照保的供述,那是他从老家回到东京的日子。

虽然时隔两年有余,但秋芳清楚地记得这个日子。因为那天,住在附近的房东瓦井家失火,闹腾了好一阵。

下午1点左右,秋芳吃完饭,刚开始缝纫的工作便来了客人。

"谁啊?"

秋芳问妻子祥子,祥子瞅了眼楼梯口。

"稀客,保来了。"

秋芳手上不停活,冲着楼下喊道:

"保?上来上来!"

不过,等了好一会,都不见保的人影。因为他在玄关脱了袜子,去浴室洗了脚。

足足5分钟后,保光着脚上来了。秋芳一见,吓了一跳,保身上异常的脏。

呢绒外套的下摆沾满了泥，里面的灰色西服皱巴巴的。

最打眼的是衬衣。本色可能是浅蓝，但已脏得辨不清。衣领内侧被污垢染成纯黑，看上去半个月没洗的样子。头发乱蓬蓬的，脸格外黑，不知是晒黑的还是熏黑的。

祥子接过保的外套，晾到窗边。倘若不以此为借口开窗，她已无法忍受保浑身上下散发出的强烈的体臭。保应该很久没洗过澡了。

没等被问及，保自己说道，因手头上的表涉嫌走私，被警察抓起来了。

"我说那表是秋芳委托我修理的，今天才把我放出来。过几天刑警有可能来，到时候可别说漏嘴了。"

"那，你把那表给我，我就按你说的做。"

"东西还在警察那儿。警察还我了我就给你。"

聊着聊着，到了4点。

"失火了！"

听到呼喊声往外一看，前面第二家，瓦井家的晾晒台起了烟。祥子带着独子安弘避难，秋芳抱着正在加工的5身西服，跑到熟人家里暂存后，赶往现场。火势并不严重，只是浴室烟囱里飞出的火星，把一块地方烧焦了。

回到家，发现保备好满满一桶水，在二楼守着。他打算要是有火星飞来，就把它浇灭。

到了晚饭时间，祥子从隔壁的越后屋叫了拉面，四人一起吃。

6点半左右，保向祥子打听附近的电话亭，然后走了。

不过，大约15分钟后，他又回来了。

"刚给横滨打电话，说今晚2点有笔走私的货到。我这个衬衣太脏了不合适，能不能借我一件干净的。"

秋芳让祥子把刚从干洗店拿回来的衬衣给保。保站在玄关换衣服，秋芳提醒他说：

"走私这些危险的事，你可别碰。"

"嗯，就这一回。"

保刚走，秋芳也带着妻儿准备出门。同行们组织4月8日赏花，他打算给安弘订一件新的开衫毛衣。关门时，客厅电视里传来7点整的报时声。

他们要去的是失作编织店。大人走路约六七分钟，因为带着2岁10个月大的安弘，估计需要两倍的时间。

秋芳的订单当场便被拒绝了，因为织毛衣的时间不够。秋芳打算去别的店问问。从店里出来，竟瞧见刚刚分手的保，站在一个令人意想不到的地方。

十字路口。保站在正中央，看上去正在思索着什么。

"那不是保吗，保！"

保像是被打了个措手不及，惊了一下。

"啊，秋芳。"

话说得有些结巴。

11

　　大和田搜集的信息引起专项侦查小组全员的关注。

　　保近似流浪汉一般脏兮兮的样子，想必是陷入了莫大的窘境。他向祥子打听电话亭的举动，也是一个疑点。

　　从前后推算，他在十字路口的时间，大概是晚上 7 点 15 分。这和案犯给村越家打第二通勒索电话的时间完全一致。

　　"保站在十字路口中央，像是在思索着什么。"傍晚时分，车流如织，站在十字路口陷入沉思，极不寻常。

　　想必他刚打完电话，正在思考如何把赎金搞到手，无意识地走到危险的地方而不自知，所以才站在那里发呆。

　　除此之外，没有更合理的解释。

　　堀仔细听了报告，感到有必要见见成田清子。因为，事发时，她是保最亲近的人。

　　1963 年 6 月 10 日，被上野署释放后，保直接回老家奔丧。之后，他再未去过清香。

　　对于清子而言，原因无从追问。但她已看清，这个男人没有希望，反倒舒了一口气。

　　次年（1964 年）底，清香关门。一个姓堀的翻斗车司机出现在清子的生活中，二人的关系进展到谈婚论嫁的阶段。对于这个缠绕了不祥回忆的地方,她并无留恋。他们在墨田区向岛的一栋公寓里,先开始了同居生活。

此间,保也有变化。1964 年 4 月 27 日,他因某案(后面详述)获刑两年,在前桥监狱服刑。

堀找到清子,得知保被关进前桥以前,曾发电报给清子,希望见上一面。堀想到一个办法,让清子探监,通过她从保的口中问出真相。

已准备和新男友开始新生活的清子,一开始拒绝了堀的提议。不过,堀再三坚持,她松了口,答应和保见面。清子的软肋在于,自己曾替保隐瞒 20 万日元的事,若保是案犯,自己也有共犯的嫌疑。

堀要求清子这样说。

"你问他,你保管的 20 万日元,他是怎么搞到手的。这事虽然已经过了很久,但尽量让他讲详细些。"

1965 年 5 月 11 日,堀陪着清子来到前桥监狱。保出现在接见室,坐在铁网另一侧。

"没想到你会来,吓了一跳。"

"可是你让我来的。"

"那是判决的时候吧,那时候是希望你能来。"

三两句后,两人无话可说。无需相互确认,他们的关系已经疏远。

没有由头,清子直接问起了 20 万的事。保自然倍感唐突。

"那事已经跟警察讲了,全都了结了,我才会在这里、这个样子。事到如今,你什么意思?警察找你说了什么吗?"

保的敏锐,令清子不安。她很难再继续追问下去。

曾经的伴侣在面前沉默了,保有些焦躁不安。

"探视的时间很短。老板娘,你来是有话要说吧,快讲啊。"

保催促。在清子看来,保好像非常紧张。

在别的房间等待期间,堀从负责保的狱警口中得知,当保听说清子要来探视,服刑期间一直开朗的他突然沉下了脸,吃不下饭。

在此,有必要回溯保第二次被逮捕的事。

1963年11月30日,下谷北署的搜查指挥部为避开记者,到邻近的谷中署二楼召开会议,7名干部出席,堀在列席人员之中。

中心议题是判断保是否清白。经上野署5月至6月的调查,保的嫌疑几近洗清,但尚留在保留名单之中。一直保留他,对侦查工作是一种妨碍,所以需要作个判断。

为了保一个人,当天的讨论持续了5个小时。然而,会议无果,只是决定再次开展侦查后再定。如果能直接从诱拐案的角度进行调查最好,但无法实现,必须先找到别的罪行对其进行逮捕。包括堀在内的4名侦查员领到这个任务。

调查开始以来,堀一直负责调查被害人的关系网,这天起,保第一次进入他的视野。

12月5日,堀听说保常去南千住的长泽当铺,于是前往走访。碰巧,当铺的人讲,南千住署的警察刚把他带走。

彼时,专门给堀配备的黑色轿车里,安装了大功率无线电话。他立刻打给南千住署,得知南千住署是受筑地署的委托,人已移送后者。

案情如下。筑地署的刑警在办其他案件时偶然调查了长泽当铺的台账。当铺收了一台机身编号为140919的小型相机。对照被盗物品登记簿，确认该相机为千代田区大手町二丁目高速公路神田桥下的日建工业饭场事务所所有，于1963年7月31日被盗。抵押人正是保。

对此不知情的保，当天来到当铺，警方得到老板消息前来将其逮捕。

当时，保处于缓刑期。8月15日，他从汤岛天神的功德箱中钓钱，被神官发现，110接警后，本富士署警员将他当场抓获。因盗窃金额仅800日元，东京简易法庭判处徒刑1年6个月，缓期4年执行。

1956年发生在须贺川的盗窃案是保的初犯。从盛冈少年监狱假释后，他再无犯罪记录。

可是，自从被上野署释放以来，他明显开始给警察找麻烦。

7月29日夜，因躲在他人院子的暗处，保被麻布署以入侵民宅罪当场逮捕。对于潜入后意图盗窃的嫌疑，本人予以否认。因未发生实际损害，检方暂缓起诉。

8月4日，保在德川家的墓地午睡时，遭到正在巡逻的巡查盘问。巡查因怀疑他的自行车为赃物，将其带到下谷北署。自行车确为品川区失窃物。这次也因罪行轻微，暂缓起诉。

之后便是8月15日本富士署辖区内的功德箱案。然后，12月5日因涉嫌盗窃，保在长泽当铺被捕。

短短4个多月时间里，被警察抓了4次，这样的人绝不多见。个中缘由尚且不论，一个直到当年年初，走了6年正道的人竟突然间堕落了。而且，是在他头一次拿到50万日元这样一大笔钱后立刻发生的。

他像是疯了——也许这样形容也不为过。他也曾按照常理,四处奔走还债。对于曾怀抱开店梦想的他而言,这是"一大笔钱",这些钱因他马不停蹄的还债而顷刻消解了。

　　此后的日子急转直下,等待他的是如野狗般的破败生活。突然间从正经过日子到放浪形骸,拐角处一定发生了什么——侦查员确信。

12

1963年12月11日,保被移送警视厅。

负责保的4名侦查员中,有一人叫望月晶次。当年8月,加藤勘藏就任搜查一课第一代理的同时,望月从杉并警察署调回。从1956年1月起的6年零4个月,望月一直在加藤手下,从搜查三课跟到搜查一课。晋升巡查部长的同时,他被派到所辖警署的刑事课,之后回到搜查一课二系,成为一课最年轻的部长刑警。

堀与筑井修部长刑警结对,望月与池谷丰明刑警结对,两组人交替开展对保的讯问。臼仓诚五郎警部率领的二系协助开展证据收集工作。

讯问在警视厅地下2坪大小的审讯室进行。白墙,荧光灯——并不是普通人想象中的黑暗的屋子。

保的眼睛是下三白,加上半闭着,桌对面的望月只能看见他的眼白。一小时,两小时,保持续着这样的眼神。不过,他再怎么坚持,也做不到一直沉默。望月抓住时机,抛出他供述中的矛盾点。为了引发他的不安,望月会采取讲讲受害者家属的惨状等办法。

数日之后。一向只给个白眼的保,陷入内心的挣扎,并开始呈现出痛苦的表情。好像就快要成功的时候,保用令人意想不到的动作跳上桌子，天花板很低，他双手吊着天花板上排布的通风管，发出奇怪的叫声。

"啊！啊！"

望月呆住了，甚至没有当即把他拉下来。接着，他想，保难道突然疯了？

保发出怪叫，是在模仿猴子。他不能说话，但也坚持不了沉默。憋不住了，他才瞬间变身成了猴子。

之后，实在没办法时，保便使出这招。抱住桌腿，发出猴子的叫声，或者在地上乱爬。

和他在上野第一次被捕时一样，调查的重点放在追问钱的来源。

保和上次一样，只说是走私赚的，对方的姓名等具体信息，一概不讲。

望月感到，负责收集证据的同事们和自己之间，有着微妙的落差。他们好像已认定保就是清白的，工作缺乏热情，连一个有力的证据都没找到。

面对顽固的嫌疑人，负责讯问的人必须心中有数。基于事实证据恢复案件全貌，然后对照嫌疑人的供述，找出差异，进而通过追问拿下嫌疑人。

望月认为，保就是案犯。可是，关于案件的经纬，他几乎没有掌握。如此状况下，他想取得突破，却没有什么办法。

不在场证明方面，按照保称自己回老家的供述，侦查员前后三次去往现场收集证据。这是第一次逮捕他时未能开展的工作。调查结果是，虽然证据不完整，但也找到一些模糊的材料。

开年后的1964年1月16日，加藤代理召集参与第二次侦查工作的 10 名警察开会研究。

会上，为判断保是否有罪，征集大家的意见，全员收到一份调查问卷。

问题共 4 项。一是单独作案是否可能；二是案犯与保声音是否相似；三是不在场证明是否成立；四是保是否有罪。

望月的回答如下：

"是否单独作案存疑；声音相似；不在场证明不成立；有罪。"

堀的见解如下：

"单独作案不可能；声音不相似；不在场证明很难说；有罪与否五五分。"

有 5 人就下述三点看法一致：

"单独作案不可能；声音不同；不在场证明不成立。"

然而，5 人之中，有 2 人认为保无罪，另 3 人认为在"有共犯"的条件下，存在保有罪的可能性。

余下 3 人未回答全部题目，他们的作答有些细微的差别："不在场证明不成立；是否有罪难下定论。""不在场证明不成立；嫌疑尚存。""若有共犯，也许是有罪的。"这样看来，坚定认为保就是案犯的，只有望月一人。

指挥部于 2 月 24 日中断侦查，将保移送东京拘置所[①]。其后，案件宣判，保因盗窃罪获有期徒刑 6 个月，加之上次的缓刑被取消，他被送往前桥监狱，将服刑至 1966 年 2 月 17 日。

经过两次侦查，保认为已经撇清诱拐吉展的嫌疑，接

---

① 由法务省管理的看守所。

受盗窃罪的惩罚，在狱中安然度日。清子的探视，让他察觉，第三次侦查的触角已经越过监狱的高墙，伸向自己。保慌了。

狱警对保的观察，是正确的。

四

不在场证明

1

搜查第一课的新任课长津田听到新任第一代理武藤的提议，首先想到的是，这或将在部内引发不安。

因为武藤提出，启用未曾参与过前两次侦查的人员，对小原保再次开展侦查。对于同一案件中的同一名嫌疑人，接二连三地开展侦查，这本身已不合常规，最大的问题在于，这次要撇开之前团队里的所有人。

按照部内的说法，大家都是在搜查一课的锅里吃饭，这是要让其中一些人去给前辈和同事们"擦屁股"，或者叫"鸡蛋里面挑骨头"。

刑警们早已把升迁抛在脑后，而把破案视作自身唯一的价值体现。他们引以为傲的，是他们修炼出的侦查的本事。

虽同为搜查一课的兄弟，但深看一层，相互间其实是赤裸裸的竞争关系。他们绝不会允许自己的案子被对手再查一次。

这一点，即便是初涉刑侦的新任课长也是知晓的。倘若他是搜查一课内部提拔起来的课长，说不定还有可能说服部下勉强答应。但同样的事由津田来做，遭遇抵抗是无可避免的。

他是所谓的"外人",而他上任后做的第一件事,将破坏长久以来的惯例。

津田是在与搜查一课毫无关联的警备领域成长起来的。因思路清晰且心胸开阔,温和而责任感强,很早便被寄予厚望。

津田自身也不负厚望,很快崭露头角,被称为"特进组之星"。

众所周知,占据政府高层职位的,是以东大法学系毕业生为代表的精英公务员。继承旧内务省传统,具有强烈宗派意识的警察官僚,和大藏官僚一样,非常讲究学校出身。因此,没有考取以前的高等文官考试或国家公务员上级职考试的非精英公务员们,可谓饱受其苦。

特进组便是为平抑不满而打开的一道小口子。津田从这个小口子,一步一步顺利走了上来。

警视厅肩负着首都的治安,从这一工作特点看,它的人事安排应该更重视警备警察,而刑事警察则偏向于从属地位。因此,津田曾经工作的警备领域,精英公务员的势力更加集中,缺乏相应资格的他,不会受到什么特殊的照顾。

他在警备部完成的最后一项工作,是拟定并实施东京奥运会的安保计划。

东京奥运会会场分布广,进出人流量大,安保工作的难度可想而知。但当时的津田管理官进驻奥组委时,可谓孤立无援。因为警备部没有给他一兵一卒。

然而,津田漂亮地完成了任务。人性化且近乎完美的安保工作受到外国官员和媒体的广泛好评。结束这场收官之战后,他调往刑事部。

任命一个刑侦外行担任搜查一课课长,这一举动被视为冒险的尝试，引来各种议论。

也许高层希望，如果津田顺利融入的话，说不定他的到来，会给这个封闭的小社会带来新气息，从而推动侦查机制的现代化转型。果真如此的话，刑警们自然也会有对立情绪。

不过，津田在上任讲话中给他们吃了一颗定心丸。他在不否定团队侦查的前提下，强调尊重个人能力，并在结尾时讲：

"侦查工作，我完全是个外行。因此，如果侦查工作收获成功，功劳在各位；如果不幸遭遇失败，责任在我。"

这些并不是为缓解部内紧张而讲的场面话，而是津田的真心话。上任伊始，他给自己立了规矩，作为外行，要极力避免直接指挥，最大限度发挥每个人的能力。

武藤与津田不同，一直从事刑侦工作，是行家里手。

刚一上任，堀警部辅提起小原保，便触动了他的第六感。他当即下令，进行暗中调查。

听了堀关于清子到前桥监狱探视的情况汇报，他强烈感到必须再次启动侦查。下决定之前，为了慎重起见，他召集堀等专项侦查小组以及第一次、第二次侦查团队成员，听取全员意见。

可是，收到的反馈与武藤的期望大相径庭。占主导地位的看法是，关于小原保的调查已经穷尽。

让武藤下决心采用新人重启侦查工作的，正是这次会议上弥漫的气氛。他向津田谏言道：

"课长，已有成见的这帮人是不行的。这时候，就要果断地换人。让新人重新来过，说不定能开辟一条新路。当然，前面那帮人的不满应该是避免不了的。"

这次,轮到津田作决断。一直环抱双臂,安静听的他,松开了手。

"好,明白了。换人。"

留下这一句话,他起身走向刑事部长办公室。

2

　　1965年5月13日上午9点，皇居的绿叶在初夏的阳光照射下，反射出刺眼的光芒。与此截然相反的，是警视厅一楼昏暗的会议室。平塚八兵卫部长刑警走进来，环视在场的人，心想，这个阵容真是稀奇。

　　第二系的木川静系长、铃木胜义部长刑警，第三系的田中清二系长、石井庆治部长刑警、小桥丰通部长刑警，第四系的青木光三郎系长、所部正主任，还有吉展案专项侦查小组组长堀警部辅。

　　系长相当于警部，主任相当于警部辅，级别参差不齐，而且横跨第二、第三、第四系，组织上也颇混杂。

　　平塚是第六系部屋长，武藤通知他开会，是在前一日。

　　上野松坂屋背后，一名身份不明的娼妓被杀。平塚进驻该案搜查指挥部刚一周，便接到武藤的电话。

　　"要对小原启动第三次侦查，你明天来这边。"

　　平塚怀疑自己听错了。丢下刚接手的案子转去别案，搜查一课无此先例。他刚提出疑惑，便被打断。武藤顾自讲完，挂了电话。

　　"现在先别管那些，别发牢骚，明天来就是了。"

　　全员到齐，武藤站起身。

"请大家来，不为别的，就是吉展案。"

这个悬而未决的案子，像块石头，压在每个人的胸口。

会议室鸦雀无声。武藤接着说。

"至今为止的嫌疑人中，有个叫小原保的，大家应该很熟悉。虽然进行了第二次侦查，但没得到清晰的结论。可如果他是清白的，就没有像他一样符合条件的嫌疑人了。"

武藤一一列举了目前为止查到的所有指向保的证据。

"所以，需要平塚、石井、小桥、铃木四人再次对小原开展侦查，各位系长支持一下。"

武藤向平塚等人下达了这个打破常规的命令。

"小原现在前桥监狱服刑，移送警视厅的手续已经办好。这里是目前为止的所有材料。拿着这个，立刻启动调查。"

武藤边说边把文件袋递给平塚。

"代理，稍等下。"

平塚的大脑门一下子从武藤转向堀。

"堀，为什么没把小原作为'目标'？靠这些材料，我可看不明白。还是你把事情的原委仔细讲讲吧。"

平塚说话毫无顾忌，而且一开口就喋喋不休，只要他在场，其他人必定变得客气。今天，多半也会如此发展。

个子高大的堀站起来，身体稍前倾，从第一次侦查的经过开始讲起。他按照顺序介绍上野署的调查情况——上野署最终未能突破"福岛的不在场证明"和"走私的20万日元"。平塚听着，催促起来。

"堀，前面的先不管，第二次为什么还是定不了他就是'目标'？"

如前所述，堀是第二次侦查的核心。在座的知情人听来，平塚的语气颇有责难的味道。

这位部长刑警貌似生来好胜心强，据说初中时便是个好事之徒。他生于土浦市乡下一户农家。

1938年夏，平塚去城里逛夜间庙会。在黑漆漆的路上遇到一名找茬的男子。平塚怒不可遏，将其打翻在地。

次日晚，平塚又去庙会，在土浦警察署门前遇到那名男子。男子通知警察，平塚被带到刑事组。该男子之所以年纪轻轻却傲慢自大，原来他是警署的勤杂工。

虽然平塚主张双方各有责任，但带他进来的刑警完全听不进去。他脱下木屐，痛打平塚的额头。平塚突出的大脑门上，马上就鼓起一个包。

虽然不甘心，但对方是刑警，他不敢还手。最终只能等到次日凌晨，父亲把他领走。平塚暗下决心，自己也要当上警察，争一口气。次年（1939年）2月，果真，他进入警视厅警察练习所学习。

第一个岗位是鸟居坂警察署的新堀町派出所。1942年春，他从看守系调到刑事系，提拔为刑警。彼时，刑事系的刑警，含平塚在内有4名。

刑警每月可按业绩获得8日元、7日元、6日元三段津贴。平塚作为新人，只能拿6日元，这令他大为恼火。

一年里，他走遍东京都内的旧货商，把71人送进了监狱。

1943年1月，平塚加入搜查一课。同样是走入搜查一课的大门，可以说堀更多的是基于偶然事件而非个人意愿，而平塚则是自己亲手铺就了道路。

"堀，对于小原，究竟你自己是怎么想的？"

堀刚结束情况介绍，平塚便毫不客气地向前辈抛出问题。

性格沉稳的堀不仅没有责备，反而将目光望向下方。

"我总觉得，走私挣那20万日元，有问题。"

"你调查的不在场证明呢？"

"在福岛的确有连续活动的迹象，但那里离上野不到4个小时，不能完全排除作案的可能性。"

话音刚落，平塚厉声呵斥道：

"那为什么没把他确定为'目标'？你觉得他不是，才中断侦查的吧？你现在拿话敷衍我们，其实是想让兄弟们再吃些苦头吧？"

堀没有回答。

如果用"平塚之前无古人，平塚之后无来者"来形容这位部长刑警所取得过的成绩，不仅不为过，甚至略显单薄。

令平塚八兵卫名声大噪的，是1948年1月26日发生的帝银案。

在侦查会议上，因反对将侦查重点放在走访上，触怒上司，平塚被从二系调到居木井为五郎警部辅牵头的名片侦查组。前者负责追查案件主线，而后者只是敲敲边鼓，调查案犯曾使用过的"厚生技官松井蔚"这个名片。

在这条线上出现一个叫平泽贞通的人。负责调查关系网的平塚发现，案发后，这个人从嫌疑人的长女处拿到一大笔钱。以此为突破口，他最终将平泽逮捕。

居木井和平塚将平泽从北海道带回本部，却被倾向于旧军人这条线的领导骂作"精神错乱"。他让二人休养一周，相当于体面些的禁闭。

可是，平泽招认了罪行，被确定为真凶。居木井和平塚被授予警察最高荣誉——警察功劳章。

众所周知，此后平泽翻供。然而，警方内部对平塚的评价是不变的。

他参与了小平案、片冈仁左卫门一家遇害案、下山案、英国海外航空空乘遇害案等众多棘手案件，人送外号"破案八兵卫"。论让嫌疑人招供的绝技，无人可与之比肩。

搜查一课是某种匠人的集合体。在这里，相比等级、工作年限，人们更敬重实际的功绩，平塚所到之处，少有人挡他的道。

"从常识上讲，小原是清白的，不过……"

堀终于开口，可是，平塚并没让他讲下去。

"犯下这种罪行的恶棍，怎么能用常识去判断？请你不要再说瞎话，把我们给带偏了。"

平塚转向武藤的方向。

"代理，靠这些材料，小原的事没法查。请收回去。"

武藤也沉下了脸。

"平塚，你什么意思？"

"我不是要给之前的同事泼脏水，但含含糊糊的态度收集起来的资料，就算我接过来，拼凑一下，也绝对搞不定小原这号人物。"

"那你要怎样？"

"请让我从零开始，从头来过。"

3

次日（14日），作为"直接摸情况"的第一步，平塚决定前往墨田区向岛拜访成田清子。

可是，他的搭档却以腹痛为由没有出现。平塚不禁想，这个人本就没什么前途，而他认为这个案子也没什么希望，于是便早早打了退堂鼓。

第二次侦查的警员中，除一人外，其余都倾向于小原是清白的。而且，案发已经过了两年。

（这个担子太重了。实在是看不到希望。）

这是平塚的真心话。

不过，这话不能讲出来。他暂且与石井庆治搭档，迈出了侦查的第一步。

开门时，清子还穿着睡衣。这位保曾经的伴侣得知对方来意后，变得气势汹汹。

"同样的问题你们要问多少次才满意？"

眼看要吃闭门羹，平塚面朝屋内，在门槛上坐下。清子见拗不过，站在玄关的台阶上，开始回答问题。

此次的收获是，平塚得知，赎金被案犯拿走的1963年4月7日的下午，保对着弟弟满竖起三根手指。

此前，平塚从堀那里了解到，那天凌晨保交给清子20

万日元,这是他第一次听说保另有 30 万日元。

这样一来,或许还有希望,平塚转变念头。他提出,要去福岛,直接调查保的不在场证明。武藤听后,面有难色。这也是理所当然。

平塚要做的,是把基础侦查工作重做一次,这可能至少需要一个月的时间。另一方面,小原将于一两天内从前桥监狱移送至警视厅。虽说是重大案件的重要嫌疑人,但在没有逮捕令的情况下,将服刑中的犯人拘留一个月,有失妥当。武藤拿不定主意,于次日与津田一道,征求槙野刑事部长意见,得出的替代方案是将嫌疑人送到东京拘置所。

"头儿,吃饭吧?"

望月晶次递来一个饭团。平塚看了一眼,没有伸手。

"您好像精神不太好。"

"嗯。"

前往福岛前,平塚的搭档换成了望月。

第二次侦查时,正是望月前往当地调查不在场证明,因而让他配合平塚,可以当向导。另一方面,只有他主张保就是案犯,也许这一点也是起用他的原因。

1965 年 5 月 17 日,二人坐上常磐线。

"那,吃根香蕉什么的吧,什么都不吃对身体可不好。"

平塚听言,开始剥香蕉。但当他想起两天前的一桩郁闷事,连吃香蕉的胃口也没了。

在一课,给予平塚影响最大的,是加藤勘藏。

前天,平塚拜访了这位前辈。就在不久前,加藤作为一课的第一代理指挥吉展案的侦查工作,此次春季人事调整,他刚刚调任王子警察署署长。

YUKAI 183

用他们的行话讲,机缘巧合,平塚成了为前辈擦屁股的角色。他忐忑地跟前辈打了招呼。结果,加藤沉下脸,说:

"这是第三次了吧。如果,这次还是清白的,绝对搞成人权问题。那样的话,也是给上面惹麻烦。只有你小子想这样搞吧?"

估计搜查一课里有人想对平塚加以阻挠,给加藤吹了耳旁风。

身份相当于平塚的师傅,而且刚从案件一线退下来的加藤,是劝告平塚的最佳人选。

虽然知道同事讨厌自己,但没想到连加藤也对自己说出这样的话,着实让平塚泄气。

"开什么玩笑,我是中途被拉进来的,这事是压给我的。"

平塚很清楚,加藤的忠告是出于好意。但是,话讲得没道理。

他无意再申辩,不过,内心非常失落。回到警视厅,因为也无别的事可做,他心不在焉地翻起侦查记录来。

关于三根手指的记录映入眼帘。不止于此,还有爱宕警察署接到的满的报案,其指认保就是案犯。

平塚头一次接触这条信息,他瞪大了眼。不过,这些都已被无视,留下"清白"的结论。

组织侦查的弱点,由此可见一斑。吉展诱拐案的搜查指挥部因组织了前所未有的警力,反而在横向协同方面有所欠缺。这导致这些信息被淹没在堆积如山的材料里。

本案未必完全无可救药,平塚在心里给自己打气。然而,他一坐上常磐线,加藤的忠告再次在耳畔响起。前路难行。

两人到达石川，直接前往石川警察署。警界也有地盘观念，若不把礼数尽到，后面会比较麻烦。而且，也可能有许多请人协助的地方。

警视厅的指令已先于他们到达。据保的亲戚报告，保老家附近有埋吉展尸体的坑洞，警视厅要求当地证实。

他们和三名当地警察坐上石川署的吉普车，前往保老家附近搜索。拨开茂密的野蔷薇丛，沿着山坡向上搜寻，但并未发现可疑的痕迹。到了傍晚，平塚提出搜山并不是自己的任务，中断了搜索。

与厅里联系时，虽然东京要求继续搜索，但平塚并未服从。他们入住母畑温泉的旅馆，翻阅起侦查记录。

"此前已经细致地调查过福岛的不在场证明。3月27日到4月2日，行踪是确切的。暂时就是这样的状况。已过两年，希望你能找到推翻它的证据吧。"

平塚回想起加藤的话。这算是临行前的鼓励吧。

第二次侦查时，保的供述中，有关不在场证明的大致内容如下。

［3月27日］大概下午三四点，到达磐城石川站，在站前遇到堂兄，乘巴士到须釜口，当晚溜进千五泽部落的铃木安藏家的稻草堆睡觉。

［3月28日］早6点左右，为了不被人发现特意早起，躲进竹林里过了一天。晚上，下起了雨，在铃木安藏家的丸子屋里烧火取暖。雨停后，在昨晚的稻草堆里睡觉。

［3月29日］早9点左右，还没起，被安藏的妻子千发现，接着被安藏撵走。只好朝家里走，但还是不想露面。爬上后山的钟楼，晒了一天太阳。到了晚上，

用树枝打开老家仓库的门闩，拿了冻饼吃。因为有了气力，走去姐夫大泽克巴家，但没能进门，就在后山的大城寺遗址的石碑那里过夜。

［3月30日］在石碑附近睡午觉。晚上，因为太冷，溜进老家的小木屋里睡觉。

［3月31日］等着天亮，又爬上钟楼。晚上，打算回京，下山到汤乡户部落，赶不上火车了，又溜进了铃木安藏家的稻草堆。

［4月1日］早上，被说话声惊醒，发现肩上扛着孩子的男女一行两三人经过，慌忙躲进竹林。听到附近加工木材的声音。夜里，回到稻草堆。

［4月2日］正要从稻草堆钻进竹林时，被一个60岁上下的驼背老太太瞧见。深夜，走到石川站。

［4月3日］坐早9点左右的火车从石川出发，下午1点左右到上野。然后直接去王子找大泽秋芳。

1963年12月12日、14日及1964年1月8日，三次供述互有出入。最终，保将类似上述内容的不在场证明亲笔整理在3米长的手卷上。

内容极为细致。从山、河流到道路、人家，从稻草堆的位置到旧城遗址，都逐一描述。不止于此，连行动的时间也记录得满满当当。

4

　堂兄的证词可以证明，保于1963年3月27日下午来到磐城石川站。

　平塚和望月决定从4月2日的不在场证明查起。按照保的记述，这天是他留在石川的最后一天。同时，村越家接到案犯的第一通勒索电话，也是这一天。

　保称被驼背老太太看见是在当天早上。通话时间是当天下午5点48分。纵然时间上从石川返回东京是可能的，但倘若有事实依据，便可以认为，他的供述可信性是很高的。

　1963年12月26日起的三天里，堀、筑井两名部长刑警以及池谷、大浦两名刑警在当地开展侦查，结果如下。

　铃木安藏的母亲富的确见过一名腿有残疾的男子，但她记不得确切的日期。不过，家里人称："那是孙子停止就医后，重新开始看病的那天。"根据医生的病历，4月2日，家人所提到的孙子实重新开始了治疗。因此，想必当天保确在石川。

　平塚一见到富便怀疑搞错了人。因为，尽管83岁高龄，但并未像保描述的那样驼背。

"老人家,您在哪儿看见跛子的?"

"是不是跛子不清楚,在那块儿,瞅见一个男的。"

富带着平塚从她的屋子走到牛棚角落,指了指一条田间小路。

望月按照平塚的要求,装作腿有残疾在小路上走。可是,从富所处的位置,并看不出他走路有什么问题。因为两处相隔足足 120 米。而站在保的位置,即使富驼着背,也应该看不出来。

傍晚,二人回到住处,摊开保的手卷。按照上面的描述,保和富之间至多隔了五六米,非常近。供述与证词不吻合。

次日,平塚和望月再次来到富的屋子。他们让富仔细回想看见保的日子。

可是,让年逾八十的老人,一下子说出两年多以前极为平常的一天的具体日期,难度可想而知。

平塚不断变化角度提问,希望从富的记忆里找出哪怕是一个疑点,据此挖掘事情的全貌。

"话说,老人家,那时候,这屋里还有哪些人?"

"和今天一样,没别人,就我一人。"

"哦,为什么?"

"平时都在正屋,本来媳妇在做饭,那天她带孙子去看医生,我帮她看家。但又怕牛跑了,过去看看,就瞅见了那男的。"

安藏和千正在田里忙着插秧。平塚和望月找到他俩,把他们从田里叫上来,四人坐在田埂上的席子上。

富所说的孙子,也就是夫妇二人的儿子实,当时十二指肠出问题,跑了一段时间医院。疼痛消失后,有几天没去看医生,可突然实又说肚子痛,开始哭起来。千慌忙带着他去医院,拜托富看家。夫妇二人能提供的信息,仅此而已。

二人来到母畑中学。平塚的个性,想到什么马上就要做,等不到下课,他便把实从教室里叫了出来。

"听说三年前的春天,你有段时间在看病?"

"嗯。"

"跟妈妈去过几次?"

"就一次。"

"突然肚子痛那天?"

"是的。"

"为什么肚子痛?"

"头天晚上麻薯吃多了。"

"什么时候做的呢?那个麻薯。"

"不知道。"

接着,下一个问题。

"为什么就那天是妈妈陪你去的?"

"爸爸很忙。"

"忙什么呢?"

"他和保一(大哥)一起用拖车运圆木。"

平塚返回田里,步子大得像是要跑起来。

"铃木先生,那个麻薯,你们都什么时候做啊?"

田埂上传来平塚莫名其妙的喊声。安藏一边插秧,一边回话道,三月三过节的时候。

"你用拖车拉圆木是哪天?"

"移动制板来的那天,节日后面一天。"

这次,平塚真的跑了起来。不会错,旧历3月3日[1],

---

[1] 上巳节。

YUKAI　189

是3月27日。

跑到大野医院，翻查病例。实从2月3日至3月8日来院就诊，相隔20日后，于3月28日和4月2日就诊。

确认这一细节后，平塚得出结论：第二次侦查将再次就诊的日期3月28日误认定为4月2日。

平塚和望月从东京出发的5月17日，保被移送东京拘置所。东京方面不断催促二人尽早返回，但平塚并未理会。

搜山的工作遭到平塚单方面拒绝后，警视厅派三人小组赶赴当地，然而，他们一无所获。他们跟平塚同住一家旅馆，但各自行动。

农家的一天开始得早。每天6点，二人带上预订的便当离开住处。他们下一个目标，是推翻诱拐当天（1963年3月31日）的不在场证明。先前的证据搜集是由望月和池谷于同年12月6日进入石川，经3天时间完成的。

其结果，铃木安藏家附近的杂货商铃木花代称保曾从店前经过。不过，她记不清是31日还是30日，尚存悬念。

同月26日进驻的堀、筑井、大浦与再入石川的池谷，四名侦查员推断，那天为31日。

30日，花代的邻居安田信太郎家办婚宴，丈夫利行早上便被请过去，全天都在那里。而花代看见腿部残疾的男子时，丈夫在家。

根据上述证词，侦查员认为是31日。

案发当日，有人在福岛见到过保，这成为判断保无罪的有力证据之一。

"警官，又来查那个跛子？辛苦啦。"

花代将平塚和望月请进店里，倒了茶。

透过窗户,可以望见河对岸的铃木安藏家。这里属于玉川村南须釜字千五泽,河对面属于石川町汤乡户字山鸟平。在保的供述中,对面也是千五泽,但行政区划上是不同的。

"您说对了,还是那时候那事。"

"确实是见到那个跛脚的男人往千鸟桥方向走,不过,那是什么时候,之前的警官也问过,想不起来了。"

"从哪里看到的?"

"从这里吧。"

花代站在玻璃窗内侧,再现了当时的状况。

"我一直看,直到他从千鸟桥旁边走过。"

粗略估计,距离大概有一百米。

"那得挺长时间吧。"

"为啥呢,因为前一天对面的安跟我说起跛子的事儿了。我以为他不见了呢,没想到还在转悠。我寻思,他昨晚上在哪儿睡的呢。"

按照花代的讲述,情况如下。

目击保的前一天早上,安藏骑着摩托来到店里,向花代借帽子和大衣。

花代诧异季节不对,安藏说,有个腿不好的男人来捣乱,自己准备去派出所报案,但如果被男的看见自己找了警察,怕被报复,所以想伪装一下。

平塚和望月听到这些,又跑到田里找安藏。

"不好意思,又来耽误你。"

安藏闻声,在秧田上层的水里涮了涮手上的泥,然后爬上先前那张席子。

"啊,那事儿啊。确实,那是我老婆带孩子去看病那天中午。"

照此推理，应该是 3 月 28 日。千到丸子屋一看，发现疑似用竹篮、稻草焚火的痕迹，前一晚肯定有人进来过。安全起见，傍晚安藏给门装上了荷包锁。

第二天早上，千到北须川河边，准备拆稻草堆拿去喂牛时，发现有个男人睡在里面。安藏闻讯赶来，把男人撵走。那人向安藏打听巴士站后离开。他每走一步，上半身都向右侧倾斜一下。

安藏认为，焚火的肯定就是这个男人。他骑上摩托，前往派出所。可是，男人就在前面走，跟巴士站的方向相反。

"如果我超过那个跛子，进了派出所，报案的事就会被他知道。谁知道他回头对你干出个什么事。"

安藏调头回来借伪装的衣服，于是去了花代的店。

"头儿，派出所的记录，我上次来的时候查过。报案是在 3 月 29 日。"

望月查阅笔记本后，对平塚说。

不过，这位前辈并未理会他的话，而是向着派出所飞奔起来。

报案时间与望月说的一致，是 3 月 29 日。

花代目击保，是在安藏撵走他的次日，也就是 3 月 30 日。因此，保提出的 3 月 31 日的不在场证明便被彻底推翻了。

终于，平塚对后生开了口。

"望月，那小子的不在场证明只到 30 日。堀头儿他们，是怎么搞的？"

虽然望月只是将范围缩小到 30 日或 31 日中的一天。但这话于他而言，也足够刺耳。

不过，这次走访，平塚的确令望月赞叹不已。

他的风格可谓一丝不苟。他之所以能完美破案，不是得益于发狂的咆哮，也不是依仗呢喃诏媚，而是把经查证的事实，一件件摆在嫌疑人面前。

来自安藏的另一个收获是，为了防止男人再去过夜，29日早上，安藏搬走了河边的稻草堆。

按照保的陈述，3月31日、4月1日两天夜里，他都睡在稻草堆里。没了稻草堆，便不可能睡在稻草堆里。

保提出的不在场证明，被逐一击破。

5

平塚意气风发回京，立刻建议，对保开展强制性侦查，也就是以牟利诱拐嫌疑向小原保下达逮捕令，将其从东京拘置所移送警视厅，开展调查。

尽管刚刚取得的新的重要信息摆在眼前，领导层的态度仍颇为谨慎。这些信息虽然的确暗示了保的犯罪嫌疑，但都不是直接与案件相关的物证，全都是所谓的间接证据。

之前，在没有逮捕令的情况下，将正在服刑的保移送东京拘置所时，法务省官员中已有人面露难色。

按照《监狱法》第一条第二款，"可将处以徒刑、监禁或拘留者暂时拘禁于拘置监"，这倒是合法的。不过，按照这个说法，警视厅使用自己的留置场即可。因为第三款中规定：

"警察官署附属的留置场可作为代用监狱，但不得将处以徒刑或监禁者持续拘禁一个月以上。"

按照常规，应该以牟利诱拐嫌疑向保下达逮捕令，将其移送至警视厅。但当局并不确信保就是案犯。所以，才采用折中的办法，将他移送拘置所。

在搜查一课，多数人倾向于保无罪。这种气氛导致警视厅采取折中的做法，而在不少关注事态发展的报刊记者眼中，这种做法有侵犯人权之嫌。

倘若当局迈出强制侦查那一步，对保开展第三次调查，而保却不肯招供，媒体必然会义正词严地站出来猛烈批评。因此，领导层不得不慎重。

可是，漫无目的地将保羁押在东京拘置所也不行。不管是移送警视厅，还是送回前桥监狱，必须早做决断。

5月23日，为了就小原保是否清白下最终定论，槙野勇刑事部长召集正在参与或曾经参与侦查的干部，在麴町半藏门会馆开会。

旧侦查团队中的小山田正义前搜查第一课课长（第六方面部长）、加藤勘藏前第一代理、佐久间俊雄前第一系系长（浅草署刑事官）、臼仓诚五郎前第六系系长（搜查三课课长代理）等，以及新侦查团队中的津田武德搜查第一课课长、武藤三男第一代理、田中清二第三系系长等出席。

此次会议还有另一个目的。

"又查小原，有什么用？"之前的侦查团队，持有强烈的批评态度。为了统一内部的思想，也必须向大家展示开展第三次侦查的根据。

会上，武藤报告了3月31日和4月2日福岛的不在场证明被推翻一事。不过，先前的干部们不以为意。

"这可讲不通。前面的侦查员调查不在场证明，可是往当地跑了三趟。比起两年之后的今天，当时的调查更及时吧。"

"当时，为了帮助知情人回忆情况，可下了不少功夫。两年之后的证词，可信度有多高，是个问题。"

他们尚不了解平塚为了推翻不在场证明，死抠细节的过程。先前的干部们的异议一浪高过一浪。当然，他们肯定更信任自己的部下。

有人提出，保腿有残疾，恐怕无法实施作案。

接着，有人补充，在品川汽车那里，案犯和侦查员相错过的时间，只有短短两三分钟。保不可能那么迅速地逃走。

也有人说，如果保就是案犯，那必须有共犯。但目前毫无共犯的任何线索。

还有人引用两次测谎的结果，指出虽然在走私的问题上有反应，但关于诱拐，机器并没有反应，说明保就是清白的。

于是，在认为保有罪的新团队和主张其无罪的旧团队的对立中，后者压过了前者。

作结论的时刻被推迟到6月4日第二次会议。这次出席的不止干部，还包括新旧侦查团队的所有人。不过，这次会议上，双方依然各执一词，气氛紧张。

平塚讲到保的钱时，旧团队的干部插话提出异议。

"在他弟弟面前显摆的钱，估计是给清子的20万里的一部分。我们花了很大力气查，但找不出小原有更多的钱了。"

"不，清子把那20万原封不动放在自己的包里。所以，30万是另一笔钱。"

平塚非常确信，继续讲道。

"关于那20万，1963年5月28日，不是她自己到上野去报告的吗？30万的事，也应该那个时候就掌握了才对。"

眼看话头要转向对第一次侦查的批评，当时指挥侦查的佐久间俊雄警部坐不住了。

"一派胡言。当时，清子口风紧得很，搞得我们很被动。20万的事，也是我们好不容易才挖出来的。"

平塚毫无顾忌地回应道：

"佐久间，我不知道是不是你们让她开的口，但清子自己去报告是事实。我现在谈的是事实，不管是好不容易才让她开口，还是轻轻松松让她说出来，都只是侦查技术层面的问题。"

关于现场附近找不到目击者，没人称曾看见腿有残疾的男子，新侦查团队的石井庆治部长刑警站起来，戳到了旧团队的痛处。

"说到底，案犯拿赎金时，负责埋伏的人没报告真相，才会出现这样的疑问。那种水平的埋伏，怎么可能发现跛子？"

保究竟是黑是白，难以形成共识。槙野刑事部长见众人情绪激动，叫停了会议。

强制侦查无法启动，也找不到其他事由对其实施逮捕，平塚愤愤不平。武藤劝慰平塚。武藤身后，有津田的支持。处于最痛苦境地的，是津田。

领导层的谨慎态度和内部的批评，都重重地压在这位新任的搜查一课课长身上。思虑过度，引发他眼底出血。

不过，在新的侦查团队面前，他并未吐露内心的烦恼，而是一直给予激励。

"我相信各位的侦查能力。小原身上哪怕有丝毫的疑点，都请彻查到底。出了问题，我来负责。这就是我存在的理由。"

接下来的三周，为了挖掘证据，推动启动强制侦查，新团队将目标锁定在清子身上。因为，案发时候，与保共同生活的她，是离他最近的人。

清子三番五次被叫去警视厅，她的新伴侣堀终于怒不可遏。

"他妈的,要把别人老婆拉走多少次你们才甘心!过去的事已经过去了,跟现在的我们有屁关系!"

他是开翻斗车的,是个豪放的人。

这种时候,便轮到年长的中野政雄部长刑警出马。他比平塚资历更深,二人都是知名的刑警,被称作双雄。中野每次都把气势汹汹的堀带到日比谷公园,心平气和地安抚。

清子与保不再一条心,是在保因别案被逮捕,从上野署释放之后。在那之前,她的证词皆有袒护保的倾向。旧侦查团队所说的"搞得我们很被动",确有其事。

既然已与保分手,在新侦查团队面前,她再无隐瞒的必要。于是,她讲出了决定性的事实。

案犯拿走赎金,是在1963年4月7日凌晨1点30多分。按照清子原来的证词,保3月27日消失之后,4月3日曾露面一次,第二次消失后,再回到清香是在4月7日凌晨1点左右。这种情况,连平塚也难认定保就是案犯。

被问到当晚的情况,清子提起一个以前从没讲过的客人的名字:住在荒川区南千住五丁目公寓中的小林幸男。

这名25岁的油漆工人,后来陈述如下。

4月6日晚上11点前后,我到清香附近的弁天汤泡澡,回家路上去了趟清香,想看看小原在不在。

因为我想问问,托他的手表怎么样了。

于是,我问老板娘:

"小原把我的手表拿来了吗?"

老板娘说:

"小原还没回来。来,坐会儿吧。"

我本来就喜欢喝酒，所以顺势就坐下，喝了起来。

不知不觉，喝到很晚，在清香待到了凌晨 2 点。

之所以记得凌晨 2 点这个时间，是因为我记得，当时感觉已经很晚，就问老板娘：

"老板娘，几点了？"

老板娘看看手表。

"2 点。"

我听了，说"那我走了"，就回家了。

那时候，小原还不知去向。老板娘很担心小原的事，我觉得应该没错。

小林做事极其细致，不管多晚，他睡前必定会写日记。他主动拿出日记本，其内容十分详细。

当天的记录如下。

4 月 6 日（晴）¥7000（账¥2000、5000）

现场。上午，在家制作招牌。下午，太田涂料招牌重新刷漆（含基层处理）P5:30 结束。

P6:30 到家。P7:00 绫子来。hG 三轮（l）P。

10:30kgl，P11:00 去泡澡。清香 P2:00 结束。kg 睡觉。

用了太多暗语，并且平假名、片假名混写，侦查员读起来很吃力。

最好猜的是"hG"。在日记中发现，小林经常与这名叫"绫子"的女性去"hG"。

h 是 hotel 的首字母，G 是 GO 或者 GOING 的首字母。关于后面的 P，因为 4 天后出现"P 出 30"，估计 P 是指弹

YUKAI 199

珠游戏[1]。然而，l、ll、TFZ等大都不知所云。

不过，解读这些仅仅属于个人兴趣，最重要的是，证明小林在清香待到了凌晨2点，直到那时保还没有回来。没想到，一本详细的日记，解决了这个问题。

---

[1] 日语发音 pachinko。

6

堀隆次虽然成为新侦查团队批评的靶子,但他并非主张保无罪。将小原保从保留名单中拎出来,重新摆上案头的,正是他率领的四人专项侦查小组。

堀从保的供述中察觉到疑点,但未能找到突破口。事实上,他反而被保迷惑了。他的确犯下了错误。

然而,他并没有完全放下对保的怀疑。因此,他才建议武藤开展第三次侦查。

与平塚不同,堀不是一个过分强调自身主张的人。所以,部下、报社记者都亲切地叫他"堀头儿""堀头儿"。他不会违背上级的意思去做自己想做的事。

从问卷可以看出,保是黑是白,堀的态度是五五分。然而,当大多数人倾向于"白",他心中"黑"的部分便难以表达出来。这是性格使然。

他向武藤申请退出专项侦查小组,可窥见他的苦衷。

"代理,我觉得在先前的侦查员面前,很为难,请把我撤下来。"

武藤挽留道:

"下命令的是我。你别多想,继续干。"

对话双方,一边是眼窝已凹陷的堀,一边是瘦了 4 公斤的武藤。

看似优柔寡断的堀,迎来了坚信保就是案犯的时刻。

5月22日深夜。堀到家时,文化放送报道部的记者泷昌弘等候已久。泷昌弘参与了社会组主笔伊藤登采访保的行动。他递上雪藏两年的录音带。

一课第三次瞄上了保,泷想知道堀对保的看法,为了获取堀最真实的想法,他带上了从未对外公布的录音带。

> 当时,我特别震惊,夸张点讲,整个人几乎要跳起来。"这小原的声音,跟勒索电话里的一模一样,"我十分确信,"肯定就是他。"我赶紧让三个同事听录音带,他们和我一样确信。另外,在警视厅一个有干部出席的会上,大家听后,向来质疑对小原开展侦查的侦查员再不提案犯另有其人。一直主张声音不像的刑警也变了口风,说:"现在想起之前说的话,都觉得不安。"

上述节选自堀在《文化放送社报》(1965年7月30日)上的投稿。

时隔两年,文化放送因堀的反馈而坚定了信心,终于迎来发稿的机会。5月28日,这篇特稿在电台栏目"新闻游行"上播放。

堀等侦查员,以及村越家的人们都来到收音机前。

丰子在该社社报上写道:

> 说真的,直到那一刻之前,我对小原都是将信将疑。可是,怎么说呢。在广播里听到小原的声音,我吓了一跳,太像案犯的声音了。亲戚都打电话来说,

"声音完全一样"。当时，我就确信，小原就是案犯。（省略）"小原逃跑的速度极快，完全不像跛脚的人。"伊藤记者讲的这一点，改变了我之前的观点——腿有残疾，不便作案。我更加坚定了自己的看法。

警方将文化放送的录音带的拷贝和勒索电话的录音带送到东京外国语大学物理研究室秋山和仪助手手中。警方委托这位日本唯一研究声纹的专家进行鉴定。

对声音进行科学分析，始于二战中的德国战场。

其源头是美国陆军希望依靠无线电监听了解敌方动向，委托贝尔电话公司开展研究。美军考虑，如果能辨认出每个声音的主人，通过追其行踪，便能把握敌方的整体动态。

贝尔的研究报告出炉，已是1960年，自然是错过了二战。然而，他们继续研究，取得1676份样本误差率为零的好成绩，FBI将其用于犯罪调查。

在当今美国，声纹与指纹一样，被视为重要的线索。

1961年，26岁的秋山受该研究启发，在日本语言学会发表"日语元音的个人差别研究"。

他的研究致力于帮助学生在学习语言时去除个人差异。

人们都认为，日语的元音，比如"ɑ"，和外语不同，只有一个。实际上，年轻人使用四种"ɑ"，比例大致相等。

随着年龄增加，四类的比例逐渐变化，到了大概50来岁，会统一为一种"ɑ"。于是，元音上便出现了个体差异。然而，同一种类的"ɑ"，不同的人发音也不相同。

声纹属于另一个领域。从录音带中尽量提取多的元音，将它们放上全音阶频率分析器。其结果呈现在一张音谱图表上，纵轴为音量，横轴为频率（周期）。不管测试者捏住鼻子还是改变音高，每个人的山型图是一定的。

有个擅长模仿歌舞伎声音的人，叫片冈鹤八。TBS得知秋山的研究，将他的声音和松绿的录音带送到研究所。得出的两者的图形竟完全不同。

　　警视厅委托秋山进行鉴定，保并非第一个。

　　上一年夏天，牛入警察署辖区内发生电话勒索案。经过侦查，三名嫌疑人浮出水面。

　　警方推断A是案犯，被害人指认B是案犯。秋山将三人的声音与勒索电话进行对比，排除A和B，指出C和来电者是同一人。其后，经过侦查，A和B有不在场证明，的确二人是清白的。

　　基于这样的成绩，警视厅再次请秋山协助。

　　6月26日，秋山提交初步报告。报告指出，勒索电话的声音个性不固定，使用了多种同一元音，因此，声音的主人估计30岁上下，"勒索电话的声音和小原保很像，有可能是同一人"。

　　从学术上讲，保的样本数不够充分，所以并未完全肯定两者绝对是同一人。但秋山认可，两者具有非常强的相似性。

　　两年前，保被上野署逮捕，面对前来讯问的池谷丰明刑警，他漏嘴说道："我不是案犯。我还配合过放送局查嫌犯，就是证明。"

　　池谷由此得知文化放送录音的事，并报告了指挥部。不过，上面的人并未重视，而是根据接受讯问时保的声音的感觉，推断他与来电者并非同一人。

　　时隔两年，保的处境开始由"白"转向"黑"。

五

招　供

1

保被移送东京拘置所37天后的1965年6月23日，警方开始对他进行讯问。不过，讯问受到一定程度的约束。

第一条，这次是任意讯问[①]。

旧侦查团队在多次会议上力陈反对意见，这令沿袭了精英警察官僚谨慎作风的槙野刑事部长行事愈加慎重。

部内人士分析，在他看来，与其启动漫无目的的侦查，行动失败后遭受舆论斥责，还不如把保送回前桥监狱，给此案画上句号。

缠住这位部长不放的，是津田。津田身后是以武藤为首的满腔热忱的新侦查团队。终于，他们争取到任意讯问的机会。然而，给他们的时间仅仅10天。讯问的结果，将决定是否开展强制侦查。

反过来讲，如果保始终不招供，针对他的侦查将彻底终止。

关于讯问小组牵头人的人选，武藤毫不犹豫点了平塚。其余成员，由平塚自定。

上午9点，保拖曳着右腿，现身东京拘置所三楼南侧的二号审讯室。审讯室两坪大小，白墙，开两扇铁格子窗，中央放一张桌子。保在桌前，站直后深深地鞠躬。

"您辛苦了。"

讯问首日,田中清二警部按照常规从调查履历开始。

"姓名?"

"小原保。"

"生日?"

"1933 年 1 月 26 日。"

"籍贯?"

"福岛县石川郡石川町母畑字法昌段××××番地。"

平塚选了石井庆治、小桥丰通两名部长刑警作为助手。他们三人与保都是初次见面。第二次侦查时参与过讯问的望月,和堀一起在隔壁房间等候。

平塚此般人员安排,意在让新面孔造成保的紧张,进而迫使其招供。

此时已完全入夏,而室内里却连一个风扇都没有。穿着蓝色立领制服的保,未见一粒汗珠。而平塚的翻领衬衣的后背,已经湿透。

平塚替换田中,背靠窗坐下。他的右侧是小桥,左侧是石井,保坐在对面。石井是 6 尺②多的大块头,柔道二段。

1955 年 7 月 15 日,喜剧演员托尼谷的长子正美(6 岁)在小学放学途中被诱拐。

同月 21 日,案犯到东京涩谷站前取 40 万日元赎金时被捕。逮捕他的,正是石井。他是所谓的豪放派,逸闻不断。

某案件行将收尾,四名主要干部在一课的系长家聚会,喝酒。石井得到消息,跑去系长家。刚进家门,石井便怒

---

① 与强制讯问相对,不得采取强制手段,需相对人自愿配合。
② 约 181.8 厘米。

喝道：

"你们几个，工作不好好干，居然在这儿喝起酒来！"

下一秒，他将宴席所在房间的障子门打得稀烂。

之后，石井给平塚打电话。

"这些混蛋，不可原谅！大哥，你说该怎么办！"

性情刚毅的平塚也犯了难，就好像这是他教唆的一样。而指责别人喝酒的石井，自己已烂醉如泥，没办法沟通。

最终，第二天一早，石井扛着一箱橘子到系长家登门谢罪，此事了结。然而，此类问题层出不穷。他曾醉酒后拦截地铁，还曾险些把上司从桥上扔进河里……

不过，论对于工作的热情，可谓无出其右。他管小自己3岁的平塚叫"大哥"，可见他把工作能力看得多么重要。

讯问第一天的下午。

"小原，听说你私自处理了泽田钟表店送来的表。是怎么处理的？"

"我不知道。"

平塚绕过桌子，来到保身旁，把嘴凑到他耳边。

"喂，这表的事，我不是在问一个卖豆腐的，我可是在问一个钟表匠。不可能不知道。"

保听了，突然用右手抓起面前的茶杯。

"干什么！你个混蛋！"

他面露凶相，站起身，准备将杯子扔向平塚。石井将保摁住。

"小原，不知道的事可以不知道，但是，知道的事装作不知道，是行不通的。"

平塚说。保抱起自己的椅子，气势汹汹要砸向平塚。

石井慌忙从侧面给了他一击，险些让他得逞。

身高157公分的平塚料到可能出现这种状况，所以选了石井做助手。保虽然个子不高，但上半身非常结实，仅从体格上看，平塚的压迫感不足。

毕竟，保是个可以飞上天花板学猴子来逃避讯问的家伙。石井的作用不可或缺。

傍晚，保还发动过一次震慑攻击。当时，平塚盯着他的眼睛，保攥紧拳头冲上来，被石井抓住了握拳的手臂。

保已经习惯了审问。这次，也许他的策略是先发制人，同时试探对手的实力。

平塚对这样的虚张声势虽未感惊讶，但保超出预料的顽固，令他预感讯问之艰难。

双方交锋的第二日，讯问因保的沉默陷入僵局。

早上，刚一进来，保便称头痛，一遇到关键问题就不说话了。他半睁着眼，只眨眼，眼球却丝毫不动。整个上午，他完全沉默的时间超过两小时。

午饭后，下午的讯问开始。保完全不张嘴。石井接替平塚。

"你在咕哝什么？"

保右手搭凉棚，学猴样，接着，自己禁不住笑了起来。

"今天午饭是什么？"

"米饭和味噌汤。没别的花样儿。"

"是吗，偶尔不是有乌冬面、荞麦面吗？"

"哪有那些啊。"

这样的对话，保倒是很配合。一回到正题又不出声了。

到了傍晚，保突然站起身，绕到平塚身后。

"小原，你要干嘛！"

平塚话音未落，保已经按下呼叫键。

看守以为是讯问结束的信号，进来带走了保。

"那就，明天见了。"

保留下一句恬不知耻的告别，三人愕然。

讯问进入第三天。平塚不禁想，这要是在警视厅地下的审讯室就好了。

参议院议员选举投票即将在隔周的周日举行。游弋于街头的宣传车的大喇叭声，肆无忌惮地透过敞开的窗户涌进来。一辆远去，另一辆又来，紧张气氛刚刚凝聚，马上又遭破坏。

讯问上午9点开始，会因午餐（11点半至12点半）和晚餐（4点半至5点半）中断两次。

而且，不愿谈关键问题的保，在用餐前四五十分钟便开始不回答任何问题。昨天和前天皆如此。二号审讯室背后是收容所的厨房，备餐的声响成了保的时钟。

在保看来，听到响动后，剩下的时间只要再坚持一下就可以了。这于平塚一方而言，极为不利。那期间，审讯室前的走廊有收容人员走动，脚步声、谈话声会持续一段时间。

紧迫感刚起，便被内外的噪音削弱。这恼了平塚，帮了保。

这天，津田现身东京拘置所鼓舞士气。他在隔壁房间认真听讯问时，待命于此的堀送来一杯冰镇果汁。

"堀，隔壁激战正酣，这可不是喝果汁的时候。"

津田温和地说。他的手没有碰那个杯子。

津田对三人表达慰问后离开。后来，他们从别的同事口中得知果汁的事。

不过，他们并不知道，这位一课课长多次被叫到刑事部长办公室，就中止对保的讯问征求他的意见。槙野心中，已渐渐拿定主意，而津田的眼底出血，依然不见康复的迹象。

2

第四天，平塚将问题聚焦在 20 万日元的出处。讯问的第二天，保称一个住在池袋的男人把 20 块沃尔瑟姆手表委托给他，他出手后私吞了那笔钱。

"从你在王子的钟表店工作时算起，那个男人已经在池袋住了三年，对吧？"

"嗯。"

"好，那我们动员警视厅全体警察，查清楚池袋到底有没有这样一个人。怎么样？"

"……"

"如果你坚持前天说的话，我们可以不惜一切代价，把它搞清楚。如果，那个男人存在，我们就把他带来，让你们对质。怎么样？你还坚持自己说的是真话吗？"

"……"

沉默几分钟后，保嘟哝了一声。声音极小，几乎听不见。

"假的。"

"什么，假的？那好，这笔钱到底是怎么回事？"

"池袋那个男人是假的。但钱是沃尔瑟姆挣的，是真的。"

"那就原原本本讲清楚。"

"……"

保再次沉默了一阵后,说道:

"我还没想好。如果说了,就要加刑。不过,我也没打算到死也不说。下定了决心再说吧。"

这是保在第四天第一次低声说话。

时间紧迫,而保却极其顽固。平塚感到焦虑,私下里甚至怒骂跟自己交情甚好的石井。

"庆,你到底想不想干?不想干就赶紧走人!"

豪放开朗的石井,上午精神尚佳,但到下午就无精打采。这触动了平塚敏感的神经。石井当时还不知,自己已罹患肝癌。

破案后,津田在石井病床边宣读奖状,并将警察功绩章交给他时,他一言不发,哭了很久。1966年8月18日,石井逝世。

托尼谷的长子被诱拐后,石井一周没回家。妻子纪和还记得,由于工资日也没回家,她不得不向邻居借了些钱。

"虽然头都秃了,但在警视厅,我就是个端茶倒水的。"这是石井的口头禅。他总是在早上6点20分从小田急线鹤川站出发,晚上乘凌晨1点04分到的末班车回来。

遇到"好案子",便顾不上家里。案子顺利的时候,他会随着广播里的音乐手舞足蹈。

在东京拘置所里,石井不会知道,自己的生命将在一年后终结。

"大哥,对不起。"

他不多讲,只是道歉。

在平塚眼里,保是个顽固无耻的家伙。平塚已经做好了他不招供自己便引咎辞职的准备。也就是说,平塚赌上了自己的职业生涯。

而保却下了更重的赌注——他自己的生命。

保要对抗的,至少有两个人。一个是眼前的平塚,另一个是生出自杀念头的自己。平塚无从得知,保的面无表情中,隐藏着一颗动摇的心。

把我从前桥监狱转到东京拘置所时,因为是第三次调查了,我估计已经找到一些有力的证据。再加上一直承受着良心上的拷问,我就打算"这次把实情都讲了吧"。

可是,考虑到父母和兄弟姐妹,觉得留下疑团也无所谓,自己了断算了。

于是,从今年6月23日刑警调查开始,我每天晚上都找看守要安眠药,并存起来。

事实上,我的确因为良心的拷问睡不着。不过,我已经打算自杀,就不在乎睡觉的问题了。药存起来是自杀用的。

我想,安眠药必须吃很多才会死,而且最好让身体先衰弱下去,所以我吃饭也只吃一半。

安眠药我是这样存的。

给我的药都是粉末状的。因为不是阿司匹林那种干爽的粉末,我觉得加水可揉成团。

于是,拿到药,我先咽一口唾沫,把粉末放到舌头下面。然后,用舌头压住粉末,喝水,药就留在舌头下面了。在看守看来,药已经被我吞下去了。

看守离开后,我把药取出来放在杂志上。

混了唾液,有些发黏,像小山一样隆起。到了第二天早上，变硬，硬度刚刚好。在房门下方有个四边形的送餐窗，我用手指把药粘在窗框的下侧。

　　我本来准备一下把存的这些药都吃了。可是，我想，自杀做不到死而无憾，还是决定重新做人。那是今年7月2日。

　　那天调查结束后，我把部分药扔进了厕所里。估计大概有四五次的量。

　　扔掉的这部分药，我是带在身上的。因为我想，如果把所有药都粘在送餐窗的窗框下太重了，开关门时掉到地板上就麻烦了。所以，我把前面四五次的药取下来，用草纸包好，塞进兜裆布的绳子里。

　　因此，后面粘上去的药应该还在。希望你们去拘置所好好查一查。

　　上述内容取自1965年7月6日东京地方检察厅横山精一郎检察官在警视厅对保做的笔录。

　　其中，保所说的"重新做人"的7月2日，是任意讯问10日期限的最后一天。这次深受噪音干扰的讯问，在并未取得任何突破的状况下，于当晚结束。

　　平塚带着石井、小桥返回警视厅，准备迎接在警视厅与保的对决。

　　沮丧必定是有的。不过，平塚手里还有一张没打出的"王牌"——第三次侦查所掌握的新情况。按照武藤的指示，他并没有向保抛出。这意味着，平塚还有机会。

　　面对保洋洋洒洒的谎言，平塚不知多少次想拿出自己亲自挖出的事实予以敲打。之所以忍住了，是因为他相信换一个场合效果会更好。

　　"代理，要问小原的已经问了，接下来该让他招供了。

请立刻逮捕那个混蛋，移送到这边来。"

平塚归来。而武藤的话却令他意外。

"辛苦了。话说，那个案子，明天刑事部长要召集会议，研究后再决定。"

"搞错了吧？都这个时候了，还有什么必要再研究？"

"嗯……课长和我，都请求过，希望开展强制侦查……"

3

7月3日中午,搜查团队在半藏门会馆集合。

槙野刑事部长面露严肃,起身讲话。

"大家都知道,今天这个会,要决定关于小原的侦查方向。我会充分听取诸位意见,再做判断。请直言不讳。"

武藤回味起两天前,他请求开展强制侦查时槙野讲的话。

"武藤,所谓指挥者,是非常孤独的。"

部下会通过各种形式表达他们的想法。但做决定的,只有他一个人。

"现在,社会上关注我们的一举一动。一旦强制侦查失败,就不可能重来了。所以,必须要作万全的准备。"

槙野的苦恼,写在脸上。

"先从对小原进行讯问的人开始吧。平塚,你怎么看?"

平塚隔着长桌,坐在槙野的正对面。

前一晚,武藤对他说:

"对不住,事情没有照着你们想象的那样发展。明天的会,你们的意见分量很重,把想说的都说出来。"

被点到名,平塚望着槙野的眼睛,回答得很干脆:

"部长,绝对就是小原。经过这次讯问,我更加确信了。既然如此，请立刻启动强制侦查。"

"石井、小桥，你们呢？"

二人表示同意。

"好。"

槙野再次向平塚抛出问题：

"你有绝对的把握拿下小原吗？"

平塚没有马上回应。

一旁的平濑敏夫刑事部参事官补充道：

"假如启动了强制侦查，拘留时间最多只有20天。你认为可以在这个时间内拿下小原吗？"

平濑被誉为侦查理论方面的翘楚。他以这种形式，讲出了高层的担忧。平塚大致察觉到，原来大领导心里已经打定了主意。

"侦查团队的苦恼/东京拘置所讯问小原/碰壁'人权'/并无新斩获"——6月29日《朝日新闻》晨报在社会版头条以此为标题，对任意讯问提出疑义。

该报道介绍了高层的忧虑。"从尊重人权的角度，长时间开展这类讯问，是否妥当存疑。""综合考虑《监狱法》有关规定的目的与原则，许多法律专家认为，已存在违法的问题。"基于上述背景，倘若再启动强制侦查，"如果仍然得不出是否有罪的结论，从该案的重要性与性质来看，很可能导致小原的社会性死亡，发展成践踏人权事件"。

文末加入了刑法学者、一桥大学植松正教授的谈话。

"既然说如果不转到警视厅的审讯室，讯问就无法充分进行，是不是背地里有什么名堂？"

日本的报社标榜新闻的客观主义，在报道中加入社内看法时，惯常的做法是假借社外知名人士之口。所以，这话完全可以看作《朝日新闻》负责该案件的记者的见解。

作为最具有社会影响力的媒体，朝日社的报道应该对警视厅高层的心理产生了相当大的影响。从文章的倾向性看，朝日社似乎认为保是无罪的。

与此相对，《每日新闻》则从很早开始持续聚焦保的嫌疑。可以说，一直跟对了侦查工作主线的，正是每日社的记者。他们最为关心的，是保何时招供。这一点，他们与警视厅的高层相左。

平塚是这样回答平濑的问题的：

"小原就是'目标'。只要他是'目标'，就不可能拿不下。"

虽已洞察干部们的意向，但平塚并不让步。

"不过，过去两年，我们都拿小原没办法。如果我说20天一定能拿下，估计没人信。"

平塚歇口气，提高嗓门接着说：

"我呢，只能说希望得到充足的时间。首先，请以别案名义逮捕。之后，再以本案名义逮捕。这样，就有相当长的讯问时间。只要给我足够的时间，你们一定能看到小原招供。"

平濑并不认可。

"现在已经不可能实施别案逮捕。如果要以本案名义逮捕，需要找到小原的钱和赎金之间的关联。如果找不到这个关联，就没法继续开展讯问。"

平塚怒上心头，语气骤变。

"好不容易走到今天，又把他送回前桥算怎么一回事？说什么小原的人权，小原的人权，吉展不要人权吗！"

说着说着，平塚失控，没了分寸。

"喂，竖起耳朵给我听好了。"

一番话说得平濑面色惨白。

"平塚，刚才的话，我先收着。"

槇野发话。若没有他的介入，不知道会议会发展成什么样子。

平塚冷静下来，在槇野面前摊开赎金交付现场的示意图。

"我觉得，对于犯人夺取赎金时的状况，您不是太清楚。当时的侦查员一定没有如实报告。大家以为，犯人刚拿走50万赎金，侦查员就赶到了品川汽车，其实，他们很晚才到，晚到不管犯人是谁，他们都碰不到。"

话说到这个份儿上，平塚指向会场的一个角落。

"大和田，你那时候在场，应该很清楚情况。你来向部长说明一下。"

后来，平塚向《产经新闻》社会部佐佐木嘉信提及当时的心境时，这样讲道：

> 我的想法呢，干部们每次看到的只有做好的东西（侦查报告书），就是说，纸面上的东西和现场并不完全一致。
>
> 对吧。埋伏的刑警被困住什么的，干部们都不知道。报告上只会写完美的排兵布阵。我之所以讨厌组织侦查，就是因为现场的意见不能直接传到上面，常常是被扭曲。组织啊。
>
> 多说一句，一旦上了组织这条船，人就忘了真正该追的"目标"（案犯），而死盯着自己仕途上的"目标"不放。刑警要是开始搞仕途，那就完了。你懂吧？我的意思。

4

平濑的发言事实上成了会议的总结：

"总之，我们手里有的线索，只有声音。我们再对小原进行一次录音，连同案犯的声音一起送去 FBI 吧。"

平濑接到秋山的初步报告后，立即与 FBI 联系，询问对方能否协助开展声纹鉴定。得到的答复是，最快一周内可以出结果。为了本案，也为了给科学侦查开个头，平濑决定接受 FBI 的好意。

会议前一天，警视厅把在东京拘置所收录的保的录音带送到 NHK 技术研究所，被告知由于杂音过多，恐怕不适合用来做鉴定。

于是，平濑向秋山借用最新的录音机和磁带，安排重录保的声音。

离开会场后，平塚与石井、小桥、望月一行四人来到东京拘置所。那是当天下午 4 点过。

平塚在二号审讯室与保面对面，左右是石井和小桥。望月在隔壁负责录音机。秋山已提前在审讯室安装了话筒，并将线连接到隔壁。因为无线会出现杂音。

"小原，好热啊。"

"嗯。"

双方持续着闲谈。晚8点已过,此时,广播、电视里关于"暂缓对小原保开展强制侦查"的新闻已经播放完毕。

"你4月3日从福岛回来,直到7日在清香出现,这期间你干了些什么?"

"就,露宿街头吧。"

"游手好闲吧?"

"不,我也干过好事呐。"

"好事?"

"3日,从福岛回来那天,去了王子的亲戚家。附近失火了。我用桶打了水,跑到二楼的晾晒台灭了火。这应该被表彰吧?"

"嗯?还有这种事?"

"只是小火,灭了就好了。要是发展成我在电车里看到的,日暮里那样的大火灾,就麻烦咯。"

骤然间,平塚的记忆翻滚起来。

2日下午2点59分,荒川区日暮里2-×××的寝具制造商瑞光商会(杉浦孝社长,36岁)的工厂兼仓库失火,不巧遇到秒速10米的西北风,该司仓库中的橡胶被引燃,火势进一步蔓延。(中略)截至4点50分火势得到控制时,三处现场共有33栋房屋5940平米被完全烧毁或半毁。(1963年4月3日《每日新闻》晨报)

平塚收到接手吉展案的通知后,立刻前往村越家走访。当时,杉说:"第一通勒索电话打来时,电视里正在播日暮里大火的新闻。"

按照保的供述,他是4月3日回的东京。可是,目睹大火说明他前一天就在东京。平塚没有说话,去到隔壁。

"望月,录了多少了?"

"4盒半。"

"好,够了。"

他接着拿起电话,打回警视厅找田中清二系长。

"录音录好了。接下来,我打算逼一下这家伙,如何?"

"等一下。"

电话里能听见田中跟武藤商量的话音。

"平塚,交给你了。按照你想的来。"

回到审讯室,平塚没有坐自己的椅子,而是让小桥起身,把他的椅子拉到保的左手边。

"我说,小原,听着,你打算撒谎撒到什么时候!给老子听好了,你老娘怎么说的,你的亲兄弟怎么说的,我全部告诉你。到底你说的是真的,还是你们家里人说的是真的,你想清楚了再回答!"

平塚身体前倾,突出的额头冲着保的鼻尖。一决胜负的时刻到了。

"看到那个大脑门,我就知道嫌犯要落网了。"——杉口中的大脑门,似乎凝聚着一股刚毅之气。

事态急转,保面色惨白。同样大惊失色的,还有石井和小桥。

平塚接到的任务,只是与保闲聊并且录音。而他此刻却突然发动猛烈的攻势,二人错愕,平塚是否疯了?

"你说你溜进老家的仓库,拿了吊起来的冻饼当饭吃。可你嫂子说,那年大米歉收,根本没做冻饼。你吃的哪门子冻饼?"

"……"

"还有。仓库的推拉门,你说上了锁打不开,用树枝撬开的。你给我认真地把锁的样子画出来看看。听着,你老家1961年把稻草屋顶换成瓦屋顶后,因为重量,推拉门歪了,门闩一直插不进下面的孔里。上不了锁的门,你是怎么撬开的,你给我讲清楚!"

"……"

"你说在千五泽部落,有个驼背老太太看见过你。我亲眼所见,那个老太太没有驼背。真正把身子躬下来的,是你可怜的老娘。我走的时候,她沿着山路追上来,你知道她说什么了?'我不知道我的儿子会干出这种事,如果真是保干的,对不起,对不起。警察先生,请原谅。'说着,你的老娘双手趴在山路上,把头埋了下去。就像这样。睁大你的眼睛,好好看看她可怜的样子。"

平塚趴在地上,抬头盯着保。

"铃木安藏的稻草堆,也是胡说八道。3月29日,安藏发现你之后就把稻草堆全部收了。不存在的稻草堆,你怎么睡?就像我现在把你老娘的样子做给你看一样,你也在这里做给我看看。"

伴随平塚的话音,保的汗水滴落到地板上,膝上紧握的双拳,微微颤抖。

"你说你直到4月3日都在福岛,可据我调查,你只待到了3月30日。说谎的是你,还是我,是时候说清楚了,小原。"

颤抖的拳头带动手腕,接着连同肩膀也抖了起来。望月发现,保的颈部立即起了鸡皮疙瘩。

沉默之后,保的嘴微张,但听不清声音。

"什么?说清楚!"

"假的。"

他挤出一丝沙哑的声音。

"是你还是我？"

"我说的是假的。"

"刚才，你不是说看到了日暮里的火灾吗？那是 4 月 2 日的事。你说 4 月 3 日才回来，是假的吧？"

保的脸，一片惨白。

"我说的是假的吗？"

保面朝下，答道：

"我说的这些，是假的。"

为了让保记住自己说的话，平塚追问起钱的出处。他把未曾抛出的事实一件件摆在保的面前——在上野警察署的留置场里，保拜托室友找大哥义成作伪证；保对弟弟满拍胸口暗示挣了大钱，双方扭打在一起。

"小原，你还坚持你手里的钱跟这案子没关系？"

"……"

快到 11 点了。虽然看守过来瞅了好几次，但保与往常不同，丝毫没有起身的意思。

"怎么样，小原。"

保好像准备说点什么，但他的身体却抑制不住地颤抖。

些许的沉默之后，他嘟哝了一句：

"我，之前，每天，都想自杀。"

"什么意思？"

"明天再说吧。"

这个办法，不知帮了保多少次。这次，平塚没有放手。

"你他妈老是'明天说''后天说'，非说不可的话，哪里等得到明天、后天？你现在，就在这儿，告诉我跟案子有没有关系？有没有关系？！"

保颤抖着，声音小却清晰。

"有关系。"

"什么关系?"

"那钱,是从吉展的妈妈那里拿的。"

趁保还没变卦,平塚把这些内容写进了笔录。不过,他的担心是多余的。虽然十天里,保在笔录上签名和按手印时都百般不配合,但今天他老老实实照做了。

深夜的走廊,响起不规则的脚步声,保走了。平塚的汗水,甚至浸湿了裤子,如同洗涤后半干的衣物,重重地挂在腿上。平塚看表,11 点 13 分。他拨通了津田家里的电话。

"噢,平塚吗?你在哪儿?"

"拘置所。"

"你……搞到这么晚?辛苦了。"

"课长,虽然只是部分招供,但是,我拿下小原了。这案子有戏了。你放心吧。"

"……"

津田的话音中断,话筒深处隐约传来抽泣声。

5

次日晨，平塚来到警视厅，接到津田的电话，让他去牛入派出所。

"我没车，而且现在太忙，去不了。"

平塚心中生出无名火。

当天是周日，各报社一齐刊登了任意侦查中止的消息。因为按照约定，周日之前不能宣布中止之事。

连直到最后的最后都认为小原保就是案犯，一直留意拘置所动向的《每日新闻》，也登出了"委托美国鉴定声音/小原讯问暂时中止"的消息。

因为前一日晚7点，槙野刑事部长已经正式宣布中止讯问，《每日新闻》没办法无视。与特大新闻失之交臂，每日社的记者们通过俗气的三段标题来暗示自己的不舍与惋惜。不过，读者能否读出其中意味，尚未可知。

对于津田的电话，平塚虽然发了牢骚，但也不能当作耳旁风，最终还是出发去了牛入派出所。在那里，槙野和平濑正极力回避记者们的目光，等待着他。

平塚取出笔录的副本，内容非常简短：

"我诱拐并且杀害了吉展。"

"我马上拿逮捕令，去拘置所领人。"

槙野心里没底。

"确定没问题吗？平塚。"

尽管是周日，但东京地方法院却异常繁忙。因为正值参议院选举投票，涉选举违规的逮捕令申请堆积如山。

年轻的横山检察官填写了移监指挥书。有了它，可以在逮捕令送达前，将保移送至警视厅。平塚、石井、小桥搭乘横山的车，前往巢鸭。

来到拘置所，保已做好准备。"辛苦你们。"保180度鞠躬，身旁有个大袋子，装着他的随身物品。

"这，到底，什么意思啊？"

经验尚浅的检察官，本以为要面对一个狂妄之徒，保行此大礼，他倍感错愕。

"这家伙，大概死心了吧。"

平塚回答。

"小原，看看这些文件。"

下午6点50分，在警视厅地下的审讯室里，平塚把两个大包袱重重地放到桌上。他打算用文件的重量压垮保变卦的可能。

"律师怎么办？"

"没必要。"

"你可是有权利选律师的。"

"是吗……回头我想想。"

如平塚对横山所言，保已完全死了心。平塚按照程序，填写辩解录取书[①]。平塚的手止不住颤抖，写出来的字也变

[①] 辩解录取手续，主要是告知嫌疑人逮捕理由和选择律师的权利，并给予辩解机会。

了形。

保供述了杀害吉展的事实,并在草图上画出了藏匿尸体的地点——三轮桥附近一个寺庙的墓地里,"池田家之墓"的墓穴。

早上的新闻刚宣布任意侦查中止,现在又出了小原保招供的报道,在好奇心的驱使下,大量人群涌向正在开展遗体搜索的真正寺。警方不得不派出特警,才疏散了人群。

深夜 11 点,平塚接到现场打来的电话。

"没有找到死者。"

平塚大惊。他冲下楼梯,跑向地下的留置场。他边跑边闪出一个念头——自己轻信了保无根无据的供述,被搞得狼狈不堪。

执行正式逮捕令后,因进一步讯问被安排到次日以后,保早早地被送回了留置场。

"把我的嫌疑人再带出来。"

因违反规定,看守并未同意平塚的要求。

"你个混蛋!我叫你带出来,快点!"

保出来,一见是平塚,当即跪下。

"求你了,不要说尸体的事。"

就如同眼前放着一具面目全非的遗体一般,保紧闭双目,脸转向旁边。

"喂,别装傻。你把尸体埋哪儿了?都这个时候了,还打算玩儿花样吗?!"

蹲在地板上全身僵硬的保,松了一口气,站起身来。

"啊?没找到吗?被人带走了?"

他惊愕的表情,应该不是装出来的。

平塚再次确认寺庙的位置后,和石井一同赶往现场。

原来是弄错了寺庙。接近拂晓，在真正寺旁的圆通寺里的"池田家之墓"，他们发现了吉展的遗体。

在第三次侦查中，始终处于尴尬境地的堀，迎来了最后的任务。他这样记录当时的情形。

说真的，经过2年零3个月的侦查，我跟村越家的每一个人，都比亲人还要亲。

每个人的说话方式，有什么想法，什么时候会掉眼泪，我都烂熟于心。特别是母亲丰子，什么事都找我商量。我只需要看丰子的眼神，就知道她要说什么。

正因为如此，指挥部才把这个任务交给我。非常合适。不，与其说合适，不如说是一种残酷。

不过，我是警察。我必须完成这个任务。不，如果我不做，谁来做？我一咬牙，拿起了电话。那是警视厅外面的公用电话。天下着雨，我心里也是一片阴霾。（中略）

电话另一端，响起女人们的哭声，撕心裂肺。

我到达村越家时，母亲丰子已经昏倒在地，说不出话来。（中略）一向坚强冷静的奶奶，趴在榻榻米上，哭得抬不起头。（中略）

我想起自己的任务，让丰子留在家中，开车载着奶奶、父亲和伯父，在雨中赶往圆通寺。寺里人山人海。我拨开围观的记者，带着三人向前走。

那一瞬，我心中仍怀有一个荒谬的愿望：

"如果，因为某些失误，这里并没有吉展的尸体，对于这家人，将是多么大的救赎啊。"

尸体已然白骨化。不过，毛衣的形状基本完好，特别是那些红色的毛线，竟给人一种鲜活的印象。

大大的脑门清晰可见,看起来好像他还活着,只是睡着了。

"这就是我们的孩子。"

作答的,是父亲。

六

遗 书

1

千叶县东金市福俵有一个叫"土偶短歌会"的团体。组织者森川迩郎,于1970年获财团法人结核预防会第一届疗养文艺奖。

森川在企业工作,因右肺染结核,于1961年7月住进千城园(现国立千叶东医院)。

他时年50岁,家庭与事业压肩,全无静心疗养的闲情。住院后不久,父亲离世。他想到父亲许是操心过度,心中更为煎熬。

这种状况下,他重拾初中时代的爱好——写短歌。他希望创作时的凝神静气,为自己在焦虑、烦恼的围困中辟出片刻安宁。

> 轻描淡写
> 来电话
> 尚在病中
> 劝我辞
> 无言以对

在此般窘境中,森川借由短歌的慰藉与疾病抗争。他发动病友，成立短歌会，并以此为主体，于1966年创刊《土偶》。自此，每月一日发刊，未曾休刊。并且，《土偶》向疗养的病人免费发放。

1969年6月的一天傍晚。森川下班回家，打开信箱。于他而言，这是最快乐的时间，可以忘却一天的疲惫。有一封信，寄信人的姓名似曾相识，但此前从未收到过此人的来信。

前略。突然收到我这样的人写来的信，您一定非常惊讶。我也是思前想后，犹豫多次，最终抑制不住好学的心，不顾身份寄了信。

其实，我是关押在东京拘置所的一名囚犯。大概两年前开始对短歌产生兴趣，持续到现在。但由于各方面限制，素材贫乏，再加上我连小学都没念好，没什么文化，最近，我感觉遇到了瓶颈，很苦恼。我在1967年6月的短歌研究志上，看到贵会的广告"疗养病人及相关人士的诗歌群体"。我想，虽然身处的环境不同，但对于生死、生命的看法，以及在封闭环境中创作等特点，我和疗养的病人有共通的地方，要是能读一读他们的作品，或许会有很多收获。所以，我才想恬不知耻地提出一个请求。

这个短歌研究上写着，会费100日元，样刊、邮票25日元。我想，过了两年时间，会费估计已经涨了。您能否告知，我这样的人是否可以订阅，以及本会的章程等信息？随信附了60日元邮票，作为旧样刊的费用。请您多多关照。

小原
1969年6月7日

读着读着，伴随记忆的苏醒，森川愣住了。案件以及案件的主角原本与他并不相干。不过，读完信，他内心涌动起一股热忱。

森川自身也曾直面过死神，在医院熬过了一段心酸、痛楚的日子。他希望为保的痛苦、悲伤提供一个出口。处决就在眼前，在生命的尽头，定能写出真实的呐喊。

于是，森川在接下来的编辑会议上，提出让小原保入会。

在土偶短歌会，女性占多数，编辑会议亦如是。对于用最无耻的手段夺走幼儿生命的死囚，她们反对与之为伍。

森川不知如何是好，找到相当于本会顾问的中西悟堂商量。最终结果是，会员名单不出现"小原保"的名字，但向他提供刊物。

前略。非常感谢，您很快便答应了我前些天提出的请求。（中略）

谢谢您，能接纳我这样的人。关于会费及其他事宜，还有那些无微不至的话语，您在文字中流露的温情，令我万分欣喜和感激，当晚激动得睡不着觉。

我急切地拜读了今天刚收到的《土偶》，作品都不负所望，令人佩服。我落到今天的境地都是自找的，悲和苦自然与《土偶》的各位不同。不过，我依然能从他们的作品中感受到至真和至情。尽管他们没什么罪过，却卧病在床，在老人院度过余生，那种悲凉让人忍不住流下眼泪。

我读过很多人的短歌，但像《土偶》一样给予我这样强烈震撼的，还没有过。

特别是4月刊中土桥先生的"再访"系列，简直是充满人之爱的完美作品，让人泪流满面，震撼心神。我好像也一同探望了那位自知时日不多的老人。尤其感动的是那首："粉饰太平/大可不必/既然你/已知时日不多/直来直去好。"

对于知道自己时日不多的人，千句谎言也比不上一句真话，让他觉得愉快和亲近。

快要走了，你喜欢的干青鱼子，就算对身体不好，也请多吃些——这样的关怀，实在让人感动。

总之，我在《土偶》上读到了真正的诗歌、生命的诗歌。（中略）

会费的事，难得您的好意。不过，我这样的人，能不能配得上您的好意，我心里很不安。拜托您不用顾虑，直接提出来。

1969年6月17日晚9点

保开始写短歌，是一年半以前。他加入木村舍录主持的《林间》，并接受批改指导。

《土偶》同意自1969年8月刊起接受保的投稿。因顾及到《林间》，保提出使用笔名。这也正合了编辑会议的意愿。6月26日的信中，保这样写道：

（前略）我希望不使用本名，而使用"福岛诚一"这个名字。"福岛"是我家乡所在的县，"诚一"是指万事都以"诚"为第"一"。我准备从今天起，开启新的人生，回归诗歌初心，努力学习。（后略）

当会员们拿到8月刊，不管他们是否乐意，他们将知道，一个死刑犯加入了他们。

狱友再度
悔中醒
一墙之隔
邻室传来
诵经声

清早与
笼中鸟
比起早
静诵经
待行刑

脚踏
十三阶梯
嘎吱作响
只因
罪孽深重

为了医学
借此
大义之名
拜托
身后之事

彼时
我已死后
两年

此牢

　　迁址已决

　　含上述短歌在内,登载的"福岛诚一"的作品共计10首。

　　编辑会议商定,作者为小原保一事,仅编辑委员知晓,不向会员公开。

2

保被移送警视厅后,一改此前拒不招认的态度,陡然变得坦率起来。他对于所犯罪行,毫无隐瞒。

望月忘不了讯问结束后将保送回东京拘置所那天。在车里,保深深地鞠了一躬。

"给您添麻烦了。"

接着,他说:

"我生平第一次,有这种轻松愉快的感觉。"

保双目清澈,像个小孩子。

第二次逮捕他时,望月在审讯室与他对阵。半睁着眼,缄口不言的样子,让望月无数次想朝他怒吼。

(这个混蛋,浑浊的眼睛,像鱼店里的咸鱼一样!)

直到招供前,保是他遇到过"最可恶的家伙"。不过,一旦认罪,保好像变了一个人。

讯问过程中,保曾说过这样的话:

"如果,下辈子再做人,我希望当刑警,为社会正义做点事情。"

先不论"当刑警"如何,这话说明,保在招供时已经做好了死的准备。

被分配给保做辩护人的小松不二雄律师,在与保第一次面谈时便有同感。

"如果警察逼你招了莫须有的罪,那你现在就说说清楚。我要为你辩护,就需要知道真相。"

保听了,坚定地回答道:

"不,我确实做了。都是我做的。"

报社记者中流传着一个传言,认为平塚刑讯逼供,保才认罪。逼供的手法是,为了不让保留下伤痕,用水桶从保的头顶泼水。任意讯问期限将至,最后时刻形势突变,平塚拿到了保的供词。如此戏剧性的落幕成为记者传言的根据。

1965年7月6日,保曾对横山检察官供述如下:

> 这次,从前桥监狱转到东京拘置所,我想,这次就招了吧。
>
> 而且,我也有过自杀的念头。
>
> 因为,这案子是第三次查我了,良心上也备受苛责,我痛苦得很。
>
> 最后,在刑警的说服下,我自己也觉得,反正要自杀,不如在死之前做个真正的人,哪怕是很短的时间。要是走自杀这条路,恐怕难以死而无憾,心里过不去,所以还是决定老老实实讲出来。(中略)
>
> 刚开始的几天,我跟刑警对着干,确实被他们训斥过,但所谓因他们的暴力或者威胁而招供,是没有的。(中略)
>
> 我比较固执,如果被别人欺负了,绝对要站起来反抗。我不会因为刑警的暴力或者威胁就招供。

检方以牟利诱拐、杀人、遗弃尸体、恐吓的罪名对保提起公诉。第一次公审于 1965 年 10 月 20 日在东京地方法院举行。公审前，保向小松律师袒露心境，内容如下：

> 我知道，我犯了人类社会最重的罪，应当受到最重的刑罚。在招供之前我就已经有了心理准备。这个案子，罪孽比山重，比海深，我这辈子无论如何是偿还不了的。不过，按照佛经里释迦牟尼的教诲，不管多么罪大恶极的人，只要改悔向佛，就能成佛，就能再转世到人间来。所以，为了来世，为了能再来这人间七次，偿还今生偿还不了的罪，我一边坚持早晚为吉展祈求冥福，一边磨砺自己的信仰。
>
> 前几天，我哥弘二来看我，让我为了偿罪接受最重的刑罚。其实，不用他讲，我本就做好了准备。在审判长面前，我也打算请他做这样的判决。同时，我也希望借此向全社会呼吁，不要再发生这样的事了。
>
> 哥哥弘二说，你犯了大罪，我们其余六姐弟一起发誓，要为世人做点好事，哪怕只有一点点，哪怕只能偿你万分之一的罪。
>
> 我对自己能悔改过去，甘心接受审判，真的感到很高兴。
>
> 另外，关于受害者家属，这的确是怎么忘也忘不了的痛，祈愿他们能放下伤痛，好好地过下去。

1963 年 3 月 31 日，保放弃筹钱，乘坐上午的列车离开磐城石川。在车上，他开始盘算诱拐小孩索要赎金。他的灵感，来自在三轮电影院看到的《天国与地狱》预告片。

抵达上野站，保走在不忍池边，渐渐下定了作案的决心。

他脑中浮现出入谷南公园。不到一个月之前,保去浅草玩,回来途中偶然路过那里,见到孩子们玩得兴高采烈的样子。不知不觉中,他已走向入谷南公园。

他之所以盯上了公厕洗手池旁的吉展,是因为从这个小孩的衣服看,他可能来自一个富裕的家庭。

"去我家,叔叔帮你修吧。"

听了保的话,吉展拿着水枪,毫不犹豫地跟了上来。

保沿着公园西侧的路向北走,他并没打算牵吉展的手。因为,他担心自己的身体特征过于打眼。即便如此,吉展还是跟在他前后,没有离开。

地铁日比谷线三轮站附近,有一个叫"东盛"的公园。保进去,在石凳坐下。身旁的吉展,下一步怎么办,他想了大概30分钟。

现在想来,那时真像是被鬼附了身。当时,我想,吉展是个累赘,为了顺利拿到赎金,还是把他杀了比较好。

的确,吉展既没有说脏话骂人,也相信我说的话,老老实实跟了过来,我并没有杀他不可的理由。但是,被欠债逼得没办法,想钱想疯了的我,只顾着自己,竟然决定干出无法无天的事。

保说,离开公园时,天色已晚,连几米外的人影都看不清。恐怕,他是在公园等待夜晚到来。他带着吉展,朝南千住的东京体育场走。路上,他给吉展买了车轮饼和奶糖。体育场过于宽广,保找不到适合下手的地方。

正踌躇时,吉展说:

"叔叔,回你家吧。"

"嗯，走吧。"

刚踏上归途，保想起他曾去过几次的酒吧"慕斯比昂"，它的对面是圆通寺的墓地。面向寺入口的左侧，有一户人家，感觉没人。因为天已黑，却没有开灯。

"这是我家，但还没人回来，我们去后面等吧。"

保说着，先走进了墓地。吉展跟在后面，并未表现出害怕。

在"池田家之墓"前，保坐下，用外套把吉展裹起来。

我说："再过一会儿，门开了，我给你修水枪，然后送你（回家）。"

我让吉展面朝我，跨坐在我腿上，脖子靠在我左臂上，就这样抱着他。

也许吉展走了太远，累了，大概20分钟以后，睡着了。

保把熟睡的吉展仰放在地上，准备动手。

我取下自己的蛇皮腰带，在吉展的脖子上绕了一圈，在喉咙处交叉，拽着两端用力勒。不过，我感觉好像没有勒紧，之后，我又用手从脖子两侧使劲掐。

吉展的鼻子里流出很少的一点血，我用手把它擦掉了。

3

1966年3月17日,由东京地方法院刑事26部高桥干男审判长负责审理案件,保被宣判死刑。

报社记者请坐在旁听席第一排的繁雄发表感想,他的回答很简短:

"我认为这个判决理所应当。所有父母都会这样认为吧。希望不要再发生这样残忍的事。"

在12次审理过程中,保始终坦白认罪并主动要求处以极刑。辩护方只好专注于请求酌情量刑。

保虽然欠债未还,但并未到触及犯罪,需要追究刑事责任的程度。尽管如此,他本人却错以为被"罕见的情况"逼到了绝路。

然而,作为牟利诱拐、杀人这样重大犯罪的动机,这是不充分的。他的犯罪主要还是基于精神状态的异常。这是辩护方的第一点主张。

其二,保将吉展带出入谷南公园后,通过询问得知其姓名以及家就在公园附近,曾考虑过送吉展回家。很长一段时间,他不知所措、漫无目的地和吉展走在人来人往的大街上,说明他的犯罪并非是有预谋的,而是偶发行为。

其三,若非保自己招供,警方不可能发现吉展的遗体。

那么，本案将因没有任何物证而成为谜案。保知悉这种情况而坦白了所有罪行，说明其改悔之意明显。

针对这些，高桥审判长就判决理由（要点）陈述如下：

关于被告的精神状态，可以承认的是，其近亲中存在有缺陷的人，作案时其身心都处于相当疲劳的状态。但是，综合考虑精神鉴定的结果（注：属于正常精神状态的范畴）和作案时的冷静缜密，认定他并非精神障碍。

被告因自己的生活混乱欠下十数万日元债务。为了还债，他并未踏实努力，而是策划诱拐儿童夺取赎金，其犯罪动机不值得同情。

此外，对于始终都听由被告摆布，最后在被告怀中睡着的吉展，他竟然为了作案的安全和便利将其杀害。残酷无情，与恶性抢劫杀人案一样，属于非人性犯罪。

拿赎金的方法也顽固而狡猾，他甚至在作案数日后从吉展尸体脱下鞋子等物品。可见他性格冷酷无情。

吉展不满5岁而惨遭杀害，遭到遗弃未能入土为安，可怜至极。

遭受两年多折磨后，得知爱子遇害，双亲的悲痛无以复加。此事也在社会上造成恶劣影响，特别是令为人父母者深感不安与恐惧。

虽然被告确有反省、悔悟之心，但其罪行惨无人道，造成的后果极其严重，实无减轻罪责的理由。

"谢谢。"以极轻的声音向高桥审判长致谢后，保恭敬地鞠躬，退庭。

虽然本人已做好接受处刑的准备，但小松律师认为：

"承认被告深刻反省的事实,却强下死刑判决,这不仅脱离了刑罚纠错、善诱的目的,还是对死刑制度的滥用,有悖于宪法禁止残酷刑罚的精神。"他说服保本人,于3月30日向东京高等法院提起上诉。

同年9月20日二审开庭,仅两个多月后便有了最终结果。11月29日,第三次开庭,法院宣布驳回上诉,维持死刑判决。

> 身自绞架
> 猛坠落
> 吾竟未死
> 正思量
> 梦乍醒
>
> 身负重罪
> 遭斩首
> 脖颈上
> 紫色瘢痕
> 历在目
> (1969年9月刊)

保是经清子介绍信奉日莲正宗的。不过,刚开始他并不笃信,搁下了一段时间,在警视厅认罪之后,他才回归信仰。日莲正宗和短歌,是等待行刑的保的两大依靠。

1965年7月21日,与保供述完所有犯罪事实的时间相近,他的母亲丰在东京都江户川区的弘二家里去世,终年75岁。

石川流传着她是上吊自尽的传闻。事实并非如此。这位忍受不了乡里乡亲白眼的老母亲，藏身东京，最后病故。

葬礼结束后，还有谣传说，小原家把保犯罪的证物和丰的棺材一起下的葬。石川的人们，到最后都管不住刻薄的嘴。得知丰的死讯，保只轻声讲了一句话：

"可能，这样才幸福吧。"

乍听
夏虫鸣秋来
恳切
恰似
亡母唤儿声
（1969年11月刊）

狱中的保，每期必向《土偶》投稿，加起来有378首之多。其中，关于母亲的，除上述一首外，仅寥寥数首。关于其他亲人的，也只有写前来探视的兄弟的约十首而已。故乡，只在他诗歌里现身两三次。

也许，于保而言，不管亲人还是故乡，都触动不了他的心。

提心吊胆
孤零无友
一个跛子
一只鸽子
快来吃食
（1970年3月刊）

狱友都是，不说话的鸟。

几度丧主
落我掌中
小鸟小鸟
在我之后
欲往何处
（1969年10月刊）

他在狱中，也广泛地关注社会问题。

核武安保
恰如阴云
若越自卫之界
笼罩世人
再无宁日
（1970年8月刊）

吾亦是
农家子
烧秸秆
抨污染
愤不平
（1971年1月刊）

或许，给予成长期的保以普通人的生活条件，他的人生将是另一幅图景。

死刑将至

回想起来
可笑
看相人讲
大器晚成
（1971年5月刊）

此时，面对即将到来的死刑，他内心已通透。

涤净薄衣
任风吹
不知何时
待衣干
等死来
（1971年5月号）

4

1972年1月3日，森川接到保的来信。与以往不同，信上竟没有查验章。他不禁倒吸一口凉气。

森川老师：

年末将至，在您百忙之中去信，实在抱歉。其实，我将于明日西去灵山，在此执笔与您道别。

两年多以前，与您结缘，加入《土偶》。您温暖地接纳了我，并指导至今。其间，在您和《土偶》诸位的温情勉励下，我得以快乐地学习诗歌，这是我莫大的幸福。

明日，我将迎接死亡。内心的平静，令我自己也感到诧异。我想，这一定得益于您和《土偶》诸位的温情感化，让我找回了自己的人心。故特向您致以由衷的感谢。

我本已打算准备2月刊的投稿，很遗憾，来不及了，就此别过。（中略）

那么，老师，《土偶》诸位，再见。

祝愿《土偶》越办越好。

小原保

保从东京拘置所移送至宫城监狱，等待行刑。1971年12月23日晨，他走上死刑台，结束将满39岁的一生。

道别的信中，附短歌8首，其中3首如下。

明日将死
抚胸口
扑通扑通
心跳声
且听且眠

受夸奖
觉欣喜
六年祈愿
意义现于
最后一天

是否
为将死之人
落花
门前
年轻的枇杷

当年12月27日，森川在东金市最福寺为保做一周年祭祀。他向参会者发放了自己出资出版的保的短歌集《十三阶梯》。

森川在后记中写道：

思绪万千。万般凶狠残暴之人，改心正念，亦可重拾赤子般的善良,何等奇妙;皆为人,一方审判、处决另一方,何等矛盾;被害者认为处决加害者理所应当,根植于封建时代的复仇思想,何等恐怖。

为致歉意/非外/祈求/冥福/声如烈焰——歌者实乃自剜伤口,绝非易事。他自觉罪孽深重,无可挽回,得以咏出此歌,可见已净化之彼心。

书写心愿/为世人/献上/唯一之/一双角膜

垃圾/焚烧炉/不肯帮我/烧掉/我的过去

这些短歌,回归纯朴之人心,净化读者之心灵。优秀作品不胜枚举,请读者赏评。

讲谈社拟出版《昭和万叶集》,委托土偶短歌会推荐会员作品。在80名会员中,有12名会员作品受到推荐,保就是其中之一。森川从他378首作品中挑选了10首。

出版时间未定,在明年或后年。一旦获得编委会认可,"福岛诚一"将作为昭和时代的代表诗人,名留史册。

行刑日,已升任系长警部的平塚,身在府中警察署的三亿日元案特别搜查指挥部。宫城监狱一名叫佐藤的看守打来电话,转达保的遗言:

"做一个真正的人,去死。"

1日,平塚来到保的墓前。老家的后山有"小原家之墓"。不过,保长眠之地是它旁边的填土之下。

献花,点香。平塚百感交集,忘记了双手合十。片刻后,他喊道:

"破案的是我,审判你的,不是我。"

参考文献

『吉展ちゃん事件』小池英勇（東都書房）
『一万三千人の容疑者』堀隆次（集英社）
『刑事一代』佐々木嘉信（日新報道）
『八兵衛捕物帖』此留間英一（新日新聞社）

文库版后记

那还是三轮卡车在街上跑的年代，至少是 20 年以前。早上，我站在家附近的巴士站，目睹了一起交通事故。一个小孩从对面酒馆的门前跑过来，被一辆三轮卡车碾轧，当场死亡。

当时，我做报社记者时日尚浅，主要担任联系警察局的工作，我正准备去往我负责的那片区域。既然碰巧身在事故现场，我便将事情经纬整理成一篇短稿，通过电话报给社里。

也许当天新闻素材贫乏，所有报社都在晚报上刊登了这个并无特殊的事故。不过，除开我的那篇，其余报道全都出现一个共通的错误，碾轧小孩的车辆被换成了小型卡车。

我却被推上了社内传阅的报道审查日报的枪口。仅一家报社写的是三轮卡车，岂不怪哉？同事们暗地里数落我的失误。

其他报纸之所以一齐出错，是因为该片区负责联系警方的记者们，毫无甄别地接受了当地警方负责对外宣传的次长在记者俱乐部发布的错误消息。他们但凡去现场做了独立采访，就不至于犯这样的错。

如上述例子一般，报纸的案件报道，通常全盘接受警方的信息。这一倾向,后来不仅无改观,反而愈发严重。

其实,也并非所有的案件记者总是全盘接受警方公布的信息。常驻警视厅的记者们会在平时开拓一些新闻线人。遇到重大案件,记者们不辞辛苦地开展突击夜访、突击晨访,敬业之心令人动容。

可是,这些所谓新闻线人都是警察当局的人,在消息来源依靠警方这一点上,并无分别。

如此可见,案件记者平日与警察关系甚密。

当然,这自有相应的理由。

记者是具有"独家"意识的群体。一直以来,大家都将先于其他报纸锁定嫌犯作为案件特讯的第一追求。因此,盯住追查嫌犯的警察,是捷径中的捷径。

毋庸赘言,它占据了素材收集工作的主要部分。然而,由此产生的弊端也不可忽略。

最令人担心的是,热衷于猜嫌犯的记者们,在与侦查员密切接触的过程中,忘记了本来的使命。

逐步紧逼逃窜中的嫌犯,侦查员的执念与追捕猎物的猎人的韧劲有异曲同工之处。这与他们的职责毫不矛盾。

对于肩负"法与秩序"的侦查员而言,犯罪简直是令人憎恶的反社会行为,犯罪者则是不惜一切代价也要消灭的敌人。

但是,记者的立场万不可与侦查员混同。

在报道嫌犯遭逮捕时,标题中使用"解决"二字,便是这种混同的表现之一。

诚然,逮住嫌犯,一桩案子有了着落,搜查指挥部举杯庆祝,随后解散。可是,从全社会的角度讲,问题并没有"解决"。

我在报社工作了16年,其中大部分时间担任社会部记者。这段岁月教会我,"犯罪"二字并不像字面理解的那么简单,多数时候,它是植根于社会幽暗部的一种病理现象,而所谓"犯罪者",往往是社会弱者的同义词。

固然,报纸不否定"法与秩序"。但记者肩负的任务与侦查员的职责,向来是不同的。

逐兽者,目不见太山。包括过去的我在内,从事案件报道的记者们皆有此嫌。

随着社会的多样化,问题也愈发复杂,所涉愈发广泛。这样的时代,需要每一名记者做的,不仅仅是套用 5W1H(when, where, who, what, why, how)将从官方获得的信息进行整理和发布,而是要立足更广阔的视野,全面地看待案件,深挖其背后的问题,将案件作为全社会关切的问题呈现给受众。

知易行难。这样说或许有些矛盾,报纸的生产同时受制于时间和空间的局促——纷至沓来的截稿日,以及将庞大信息量塞进有限版面的困扰。

在如此严厉的束缚之中,一个念头如同火苗,在我心中愈燃愈旺。

基于种种缘由,我最终选择了自由职业的道路。站在新的出发点,我给自己出了一个题目。我想尝试不受时间限制,按照自己的意愿最大限度地收集素材,并将这些素材精心地堆码在足够大的空间里,展现一个案件的全貌。

不过,自由职业亦有自由职业特有的限制。我的方法论,一直得不到实践的机会。

如果离职 5 年后的 1976 年春,我没有邂逅文艺春秋编辑部的中井胜先生,便没有这部作品。无论其他条件如何具备。

中井先生与一名原警视厅干部交往颇深。后者曾是吉展案侦查团队的关键人物。由此,中井先生对曲折迂回的侦查过程多有了解,并酝酿推出一部作品。趁着从别的部门调至文艺春秋编辑部的机会,他决定付诸实施,探问我的意向。

听闻是吉展案,我当即便有所触动。

我和小原保同是生于1933年。虽然各自生长的土地和环境不同,但我们都经历了那个暗淡的、异常的时代。

尽管世代理论并非适用于所有问题,但从理解案件背景的角度讲,确有裨益。

而且,1958年至1959年期间,我在小原作案的区域一带担任联系警方的记者,走动频繁,对当地情况非常熟悉。因此,案件伊始,我接到了在被害者家周边开展走访等协助采访的任务,亲身体会过现场的紧张气氛。

我意识到,中井先生提供的这次机会,非常难得。

如同美国非虚构作家一样,花费数年时间完成一部作品,到底是一种奢望。算上素材收集和写作,给我的时间只有1年3个月。我想,挑剔起来总归没有尽头,这次获得的时间和篇幅,从现实角度看,已极尽奢侈。

完稿时我惶惶不安,劝慰自己,此乃习作而已。经文艺春秋杂志分三次(1977年6月、7月、8月刊)登载,竟获当年的文艺春秋读者奖,进而受到讲谈社出版文化奖垂青。

我从未想过获奖之事会发生在自己身上,所以,心中更多的是狼狈,而非喜悦。坦率地讲,关于作品的质量,我至今没有自信。

如果容我自评一句,我想人们所赞赏的,或许是我极力挖掘事件全貌的态度。

有一位前同事,作为联系警视厅的记者,曾参与吉展案的报道。他说:"我自认为没人比我更了解那个案子,没想到书中所述大量事实,我竟一无所知。"这话从他的口中来,着实令人鼓舞。

此外,电视台基于本书,制作并播出了一个两小时的电视节目。事后,制片人和导演拜访村越家时,遗属的一番话,令人感激,让我如释重负。"一直以来,我们一直带着被害者的仇恨看待此案,通过这个节目,我们得以了解,犯人也有他可悲的故事。"

收集素材伊始,我曾为征得遗属的同意拜访村越家,之后又打扰过两次。虽然最终取得了他们的协助,但村越家表露出的多年来对媒体的不信任,始终令我介怀,直至获悉他们此番感想。

小原保的遗属,我始终未能见面。采访遭拒,这也许是理所当然的心情——数次闭门羹中,有一次,我被拒绝后,在法昌段的山路上,一个人走到天黑。我也是人生肉长,不禁感叹,这是件多么悲凉的工作。

"展现案件的全貌",愿望虽如此,但素材收集过程中所遭遇的障碍数不胜数。尽管屡次拾起退堂鼓的鼓槌,但终究不忍敲碎自己的初心。

长期保持与事实之间的紧张关系,实在令人窒息。可是,若非如此,非虚构则不能成立。

最后,再次为以极其不幸的方式结束此生的二人祈福。

本田靖春
1980 年 11 月于神乐坂

YUKAI by Yasuharu Honda
Copyright©2005 Sachi Honda
All rights reserved.
Originally published in Japan in 1977 by Bungeishunju Ltd.
Republished in paperback edition in 2005 by Chikumashobo Ltd., Japan.
Chinese (in simplified character only) translation rights arranged with Chikumashobo Ltd., Japan.
through CREEK &. RIVER Co., Ltd. and CREEK &. RIVER SHANGHAI Co., Ltd.

图字：09 - 2021 - 789 号

图书在版编目（CIP）数据

诱拐 /（日）本田靖春著；王新译. —上海：上海译文出版社，2024.3
（译文纪实）
ISBN 978 - 7 - 5327 - 9391 - 4

Ⅰ.①诱… Ⅱ.①本…②王… Ⅲ.①纪实文学 - 日本 - 现代 Ⅳ.①I313.55

中国国家版本馆 CIP 数据核字（2023）第 256551 号

诱拐
[日] 本田靖春 著 王新 译
责任编辑/常剑心 装帧设计/邵旻 观止堂_未氓

上海译文出版社有限公司出版、发行
网址：www.yiwen.com.cn
201101 上海市闵行区号景路 159 弄 B 座
启东市人民印刷有限公司印刷

开本 890×1240 1/32 印张 8.25 插页 2 字数 110,000
2024 年 3 月第 1 版 2024 年 3 月第 1 次印刷
印数：0,001—8,000 册

ISBN 978 - 7 - 5327 - 9391 - 4/I · 5865
定价：52.00 元

本书中文简体字专有出版权归本社独家所有，非经本社同意不得转载、摘编或复制
如有质量问题，请与承印厂质量科联系。T: 0513 - 83349365